BEFORE THE END OF THE GAME

CHARACTER FILE 002

殺人魔

兔子

遊戲角色：罪犯／左牧的搭檔

個性古怪，偶爾會表現出懦弱的一面，但戰鬥時卻可以面無表情地將人殺害。

原是無主罪犯，遇見左牧後主動接近他。對左牧有相當強烈的占有欲，是個讓人捉摸不透的神祕男子。

GOBOOKS
& SITAK
GROUP©

GOBOOKS
& SITAK
GROUP©

三日月書版

三日月書版

草子信
illust
遊戲結束之前
ゲームが終わる前に
V
—死亡禁止—
BEFORE THE END OF THE GAME
三日月書版
輕世代 FW364

遊戲結束之前
ゲームが終わる前に
BEFORE THE END OF THE GAME

CONTENTS

BEFORE THE END OF THE GAME

CHARACTER FILE 001

私家偵探

遊戲角色：玩家

左牧

喜歡耍小聰明，充滿心機的利己主義者。受人委託參加遊戲，有冷靜分析和觀察的能力，雖說是普通人，但對血腥畫面習以為常。

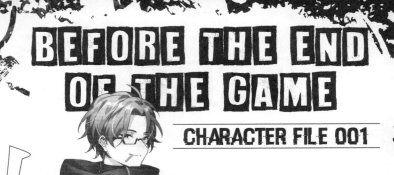

BEFORE THE END OF THE GAME

CHARACTER FILE 003

軍人

羅本

遊戲角色：罪犯／左牧的搭檔

具有道義精神，但並非正義使者，會視情況判斷自己的行動，重要時刻也有可能背叛同伴。槍械專家，近戰不強，擁有很強的狙擊能力，基本上只要扣下扳機就不會失誤。

BEFORE THE END OF THE GAME

CHARACTER FILE 004

研究學者

邱珩少

遊戲角色：玩家

只對自己有興趣的人事物執著，比起和真人互動，對資料數據更感興趣，是不折不扣的研究狂。十分聰明，自我意識高，不擅長和他人合作。

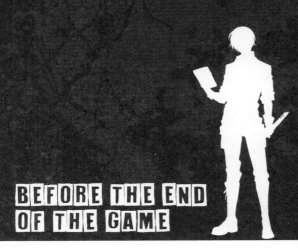

BEFORE THE END OF THE GAME

楔子

ゲ ー ム が 終 わ る 前 に

視線模糊不清，無法思考，整個腦袋就像糨糊，連自己現在是什麼狀況也無法確認。

在腦海中盤旋的，只剩下「殺掉敵人」這個念頭。

他並不是沒有痛覺，而是已經痛到麻痺，但對他來說，在身體流完最後一滴血之前，不允許倒下。

直到最後的最後，都不能停止斬殺眼前的「阻礙」。

在無法思考的情況下，他只能依靠本能。

而這，就是他。

不知道過去多久，也不知道身上的鮮血究竟是來自自己還是腳下踩著的屍體，兔子的周圍只有鮮血的腥臭味道，除他之外，沒有半個活人。

脖子上的項圈依舊發出刺耳的嗶嗶聲，但快要失去意識的兔子完全不在意，他的瞳孔中已經沒有半點光芒，甚至讓人懷疑他有沒有聽見。

隨著嗶嗶聲的間隔越來越短，周圍也已經沒有敵人存在。

兔子終於安下心，慢慢閉起雙眼，準備迎接自己的結局。

對不起，左牧先生，沒辦法保護你到最後。

——但是，我很慶幸能代替你死去。

兔子坦然地接受即將自爆身亡的命運，就在那瞬間，他腳下踩著的屍體胸前忽然傳來一串雜訊聲。

聽起來像是壞掉的電視機，在沙沙聲中，彷彿隱藏著人聲。

此時的兔子因為失血過多而無法集中精神，雙耳嗡嗡作響。雖然並不是完全聽不見周遭的聲音，但做出「死亡」的覺悟後，他便放棄接收外界的資訊，什麼都不想再思考。

直到脖子上的項圈停止了聲響。

四周頓時安靜無聲，兔子清楚地聽見自己的呼吸，這讓他猛然回過神來。

這是怎麼回事？他沒死？

難道說項圈故障了，沒有引爆？

種種疑問湧入腦海，而這時他終於發現那個讓人心煩到不行的雜音。

「……訊……聽得……說……」

兔子隱約聽出有人在說話，卻沒辦法聽清楚完整的句子。

他蹲下身，將屍體胸口的對講機拿起來。

「你沒……活……炸……在嗎……」

對講機那頭的人聽起來是想要確認同伴的狀況，如果可以聽得更清楚的話，或許能獲得一些情報。

既然項圈不知道出了什麼狀況沒有引爆，那麼就讓他再用這條命為左牧做些什麼吧。

兔子比誰都清楚自身的狀況有多糟糕，就算沒死也只剩半條命，既然沒什麼機會活下去，那就乾脆徹底榨乾自己的最後價值。

就在他起身準備去尋找這些雇傭兵的同伙、直接殲滅對方的老巢時，對講機的訊息終於穩定下來，傳來清晰的陌生男聲。

「終於能和你聯絡了，兔子先生。」

兔子嚇了一跳，沒想到對講機裡竟然會冒出自己的名字。

他立刻環顧周圍、提高警覺，可是除了自己之外沒有見到其他人。

那麼，對講機裡的男人是怎麼知道他的？

「幸好順利阻止了項圈爆炸，但即使如此，你的狀況也沒有好到哪去。」

雖然他沒有回答，對方卻像是看得見自己，感覺很奇怪。

不過兔子很快就注意到樹枝上面架設的監視器，果然，這座島上不存在任何隱密的藏身處。

「我想你應該已經察覺到，我是利用監視器看著你。」

由於兔子直直盯著鏡頭，陌生男人便乾脆地承認。

「你不用開口回答。雖然我關閉了你的項圈裝置，但你不能讓其他人察覺到你的項圈『有問題』，所以可以的話，請你維持之前的模式繼續保持沉默。」

兔子輕輕點頭。

「現在請按照我的指示行動——當然，前提是你還想繼續活著保護左牧先生。」

這句話相當誘人，也確實讓兔子的腦袋清醒不少。

可是，他仍警戒地瞪著監視器，似乎不打算信任對方。

「我們剩下的時間不多了，兔子先生，你必須盡快接受治療。」

陌生男人繼續說下去：「我不奢望你相信我，但你不能死，光靠左牧先生一個人無法對抗主辦單位，這點你應該也很清楚。左牧先生需要你。」

雖然兔子對這個人還抱持著許多懷疑，不過，眼前的狀況讓他沒有選擇的餘地。

他對著監視器點頭，接受對方的提議。

反正橫豎都是死，倒不如賭一把。

只要能繼續待在左牧身邊，就算只有百分之零點一的機率，他也願意去嘗試。

見兔子答應，對講機裡的聲音聽起來像是鬆了口氣。

「謝謝你的配合，兔子先生。」

陌生男人的語氣充滿感激，接著，十分禮貌地說明自己的身分。

「我是布魯，我會盡我所能協助你們平安離開這座煉獄。」

BEFORE THE END
OF THE GAME

規則一：廢棄設施能夠循環利用

ゲ ー ム が 終 わ る 前 に

「兔子真的還活著嗎？」

在前往目的地的路上，左牧仍然不太放心，不斷重複確認。

布魯用誠懇的態度回答：「是的，這點我可以保證，只不過他的傷勢有些嚴重，雖然已經接受緊急治療，但最好還是讓他先休養一週以上。」

「沒那個時間。」

「我很明白，所以現在只能見招拆招。」

左牧很想直接問清楚，像是兔子的項圈為什麼沒爆炸、布魯為什麼願意冒著巨大的風險協助他們之類的，可是現在沒有任何事情比兔子的安全還重要，他絕對不會讓兔子因他而死！

左牧和羅本依照布魯的指示，以最短、最安全的路線衝出樹林，來到在附近的一處廢棄建築區域。

全力奔跑加上不久前才遭遇襲擊、又差點被毒氣殺死，左牧的臉色相當難看，滿身汗水，胸口劇烈起伏。

他的體能雖然是普通人水準，但在這種情況下也已經逼近極限。坦白說，現在的他基本上都是靠意志力在撐。

而接受過軍事訓練、又在這座島上獨自生存一段時間的羅本，雖然也同樣汗水直流，但呼吸平順，完全看不出他才剛從毒氣傷害中恢復過來。

左牧真心認為，羅本根本是精力旺盛的怪物。

以為羅本和自己一樣都是「普通人類」的他，真該好好反省。

「這裡是之前的那區廢棄建築？」

羅本所說的「之前」，指的就是前段時間他們在進行「獵殺任務」時，為了躲避面具型罪犯而來到的區域，旁邊的道路還能看到當時留下的戰鬥痕跡。

他往周圍查看，確認沒有敵人的蹤跡。

由於還是深夜，除了月亮完全沒有任何光源，他們只能從路邊的屍體身上摸出手電筒來照明。

突然離開「巢」，他們的裝備只有兩把手槍和手電筒，以及幾顆手榴彈，全都是從雇傭兵的屍體上收集來的。

剛開始他們還擔心會遭遇敵人，一路上卻只見一串屍體，半個活人都沒見到。

這些屍體全都是被利刃劃破喉嚨、瞬間死亡，幾乎可以肯定是兔子下的手，看來他們沒有走錯方向。

深入廢棄建築區後，他們也發現了清晰的血跡，現在就算沒有布魯指示，他們也知道要怎麼找到兔子了。

「周圍沒有熱源反應。」

布魯相當盡責地回報情況。

左牧和羅本稍微加快腳步，跟隨血跡延伸的方向來到一棟歪斜的大樓。

這座建築看起來就快坍塌，卻以微妙的角度維持平衡，讓左牧下意識聯想到比薩斜塔。

「兔子在裡面？」

他看到血跡延伸到建築物內，安全起見，直接向布魯確認。

布魯回答：「是的，一樓有間治療室，他現在就在那裡接受治療。」

「除了他之外沒有其他人？」

「沒有，這裡的治療室和『巢』內的設施相同，雖然是舊型號，不過我還是能以遠程操控的方式來提供治療。」

兔子在這種毫無防備的地方接受治療，反而讓左牧更加憂慮，更何況血跡像路標一樣延伸到裡面，如果雇傭兵在後方追殺的話，肯定不用多久就能找上門來。

但，若是經過這麼長的時間兔子還安然無恙，就表示那些雇傭兵已經放棄追殺他們三個人，轉而將矛頭對準正一他們。

看來他們不能在這裡久留，雖然擔心兔子，但也不能對正一見死不救。

左牧和羅本依照指示來到裡面的治療室，透過玻璃視窗，果然看見兔子躺在手術臺上，動也不動地陷入沉睡。他的身下全是鮮血，旁邊還有手術取出的玻璃碎片。

機械臂還在進行縫合，眼前的畫面就像科幻片一樣。

「你進去吧，我去找看看有沒有什麼能用的裝備。」羅本拍拍左牧的肩膀。

「若是想要武器，這裡的地下室有間武器庫。」

布魯很自然地提供物資情報，就像以往的ＡＩ系統，羅本想都沒想，立刻往地下室的方向移動。

左牧說不出話來，只能獨自踏入手術室，看著機械臂完成手術的收尾工作。

雖然燈光微弱，兔子那頭銀色細髮卻異常閃耀，刺痛了他的雙眼。

他輕輕用消毒過的手撥開兔子的瀏海，這是他第一次清楚地看見那張沒有被防毒面具覆蓋的面孔。

沒想到，兔子比他想像的還要俊美帥氣，完全看不出是個受過殺戮訓練的殺人狂，反倒有點像真正的兔子，一副柔軟無害的樣子。

「麻醉效果差不多退了。」

布魯的聲音從旁邊的儀器上傳來，左牧也沒有覺得違和，順著聲音來源轉過頭。

「說起來，兔子這麼長的時間沒有戴防毒面具，沒關係嗎？」

「這間手術室的空氣循環系統裡有過濾毒氣的裝置，所以不用擔心。在為他治療的時候也打了解毒劑。」

「有解毒劑？」

「其實只是中和體內毒素的藥劑，還是得靠時間慢慢恢復，並不能完全放心。」

「他的狀況怎麼樣？」

「不得不承認，他的恢復力異於常人，通常這種傷勢是不可能存活的。」

「我也這麼覺得。」

左牧無奈地苦笑，接著就把防毒面具拿了下來。

就像布魯說的，這個空間裡面果然沒有毒氣，否則在他取下的瞬間就會察覺到。

眼角餘光發現兔子的眉頭皺了一下，左牧便轉過身，面帶笑容看著他張開眼睛，和自己四目相交。

「你這隻蠢兔子，竟然讓我這麼擔心。」

左牧用半開玩笑的口吻輕拍他的額頭，但兔子好半晌都沒有反應，表情恍惚，看起來還沒有完全清醒。

他呆呆的反應讓左牧有些遲疑，勉強勾起嘴角苦笑。

沒想到幾秒後，兔子忽然瞪大布滿血絲的雙目，從手術臺上彈坐起來。

因為太過突然，左牧嚇了一跳，還以為他會像以前那樣把自己抓過去抱，但兔子只是呆愣地坐著。

「呃……兔子？」

左牧在他面前晃晃手，試圖拉回他的思緒，不過沒有什麼效果。

也許是麻醉還沒完全退掉，也許是身體太過疲勞，總之兔子的反應很不自然。

就在左牧打算問布魯這是怎麼回事的時候，他感覺到自己的左腕被人輕輕抓住。

他低頭看著兔子的手，再慢慢抬起頭，沒想到竟看見兔子紅著眼眶，水晶般的淚珠就這樣從眼角一顆顆掉下來。

「呃、你……你到底在幹什麼啦！」左牧慌張地拉著自己的袖口，替兔子擦掉臉頰上的淚水，瞬間覺得自己彷彿是在照顧大嬰兒。

原本是想要幫兔子把眼淚擦乾，可是不知道為什麼，他越擦、兔子的眼淚就掉得越誇張，整個袖口都溼了還擦不完。

這過於脆弱的一面，讓左牧無奈卻也心疼。

兔子果然是個人類，並不是沒有感情的殺戮機器。

這次不是兔子伸手抱住他，而是他緊緊抱住了這個青年。

用體溫讓兔子好好確認，他還活著的事實。

這個方法立即奏效，兔子的眼淚很快就停下來，而且更用力地反抱左牧，把整張臉都埋入他的胸口。

周圍很安靜，安靜到兔子只是靠在左牧的胸前，都能清楚地聽見他的心跳聲。

撲通、撲通，緩慢有力的跳動著，讓他感到安心。

可惜這種安寧的氛圍沒有維持多久，就被直接推門進來的羅本破壞了。

「喂，左牧，地下室那邊……呃！」

羅本才剛進門，就立刻被一雙凶神惡煞的眼眸狠狠瞪住。

雖然事實上大部分都被左牧的身體遮住了，但眼神卻可怕到能讓人心臟驟停。

羅本頓時冷汗直冒。

「抱歉，我不是故意打擾兩位的。」

雖然這情況他已經碰到很多次，但這次絕對是最可怕的。

左牧知道羅本的腦袋裡在想什麼，便轉過身去，徹底擋住兔子的視線。

「你不是跑去地下室了嗎？」

「是……是沒錯，我找到還能用的防毒面具，想說拿來給你……話說回來，你怎麼沒戴？」

「手術室有過濾毒氣，我想應該跟「巢」的裝置相同。」

「還真方便。」

「我待會去地下室和你會合。」

「知道了。」

左牧的言下之意就是希望羅本暫時離開，羅本也不蠢，立刻轉身就走，他可不想繼續當破壞氣氛的電燈泡。

等羅本匆匆離開，左牧才用力搓揉兔子的頭頂，長嘆一口氣。

「你夠了哦，兔子。羅本跟我好不容易才找到你，你別又像以前那樣瞪他。」

兔子沒有回答，他還記得布魯說過的話，不要隨便開口說話。

「接下來……布魯，你在的吧？」

「一直都在。」

布魯回答的同時，房間左上角的監視器同時左右轉動，展示著人為操控。

既然能讓兔子花一個小時多的時間在這裡治療，就表示主辦單位的魔爪不會伸來。

左牧一方面覺得終於能夠鬆口氣而感到安心，但另一方面，他也知道自己因為這樣而停留在這裡只會浪費時間。

「抱歉讓你看到尷尬的畫面，接下來麻煩你簡單解釋這到底是怎麼回事。」

「我也正有這個意思。」

於是，布魯簡潔扼要地將這晚發生的事情，全部告訴左牧。

主辦單位急了。

發電廠被占領，加上出動所有罪犯都沒有辦法殺死倖存的五名玩家，甚至連官方安排在島內的雇傭兵都沒有收穫任何成果——這讓握有島嶼權力的主辦單位，開始覺得事態慢慢走向失控。

雖然這不是第一次發生玩家反抗的事件，但之前主辦單位總是能控制住狀況，至少能讓畫面看起來像是遊戲進行中的「正常死亡」。可是，這次明顯無法使用同樣的招數。

最大的不同，就是那個名為「左牧」的男人。

這是主辦單位第一次被逼到必須拋棄自己設定的遊戲規則，利用玩家最沒有防備的睡眠時間來徹底解決掉所有人。

當然，這段時間他們已經把島上所有提供會員欣賞的監視器畫面全部關閉，這個區域的「遊戲」也以「系統維修中」的名義暫時停止。

表面看起來是這樣沒錯，但參與賭注的會員全都心裡有數，這座島「失控」了。不過，沒有人對此提出異議，很快就把注意力放到其他的遊戲主場中。

而被拋棄的遊戲區域，將會由主辦單位直接清除——也就是關閉島上所有的安全系統，讓毒氣二十四小時不間斷地壟罩整座島，同時派遣戰鬥人員登島進行「清理」。

「布魯」是控制這座島上所有系統的ＡＩ，由於安全系統下線，提供給玩家們的協助也全部終止，人工智慧關閉後全數改由手動操作。

而接手操作系統的人，便是創造「布魯」的主程式設計師，也就是現在利用「布魯」的身分協助左牧的男人。

他幫助左牧的理由也很單純，因為他也是左牧的委託人安排的「同伴」。

接著布魯把自己解除項圈的引爆裝置、讓兔子免於自爆，再安排他到這裡來進行治療的過程全部告訴左牧。

「原來項圈內的炸彈可以繞過系統另外關閉？」

「是的，雖然有點花時間，不過我能做到。」

「真有你的……」

「謝謝誇獎。但我還是要提醒一下，引爆裝置只是暫時性關閉，那個項圈裡還是裝著炸藥。」

「炸藥的量應該不多吧。」

「不多，但足以破壞頸動脈。」

「既然你能遠程關閉，那麼可以解開項圈嗎？」

「可以是可以，不過我覺得沒有這個必要。解開項圈的話對你的人身安全不利，現階段我還是要限制兔子先生的行動才行，請諒解。」

布魯的聲音相當認真，看樣子是真的不打算退讓。

連布魯都對兔子如此忌憚，左牧也就沒有再強求。

他看了看周圍，轉移話題道：「所以這個地方算是在主辦單位的防備之外？」

「是的，至少短時間內他們不會知道這個地方的存在。」

「真虧你能保留下來。」

「上層的人不會在乎這些已經被廢棄的東西，他們只要遊戲能夠正常進行、設計更多血腥的遊戲來吸引更多會員投錢就好。」

「真是惡趣味。」

「我也這麼認為，他們完全不把人命當回事。」

「加入他們的你也沒好到哪去。」

「……這我沒辦法否認，但我是為了離開他們，才會答應你的委託人暗中提供協助。」

「所以布魯有很多服務都不是每個玩家都有的？」

「當然，畢竟原本的系統設定並不是輔助玩家，說穿了就只是監視和傳達主辦單位的直接命令而已。」

「呵，你都這樣說了，我也只能相信了。」

左牧原本對布魯還存有一絲疑慮，現在也總算解惑了。

仔細回頭思考，確實有很多部分，以主辦單位的角度來考慮應該不會提供協助才對。以前他單純以為ＡＩ是像助理又像監視者的存在，但如今才確定，那些是只提供給他個人的幫助。

「委託人安排得還真周到，看樣子他不是隨隨便便把我扔進這個地方。」

「據我所知，他比我更想結束這場遊戲。」

這是所有人的目標，也是他們聚集在此的原因。

不過，左牧並沒有全然信任這個幫手。

「既然主辦單位那邊已經關閉這裡的安全系統，也就是說他們現在正在全力監視整座島的行動，那麼你又是怎麼『暗中』為我們提供協助的？」

照布魯說的那些不難推測出，現在主辦單位對整座島應該是全面控管，既然已經讓安全系統下線，甚至關閉了ＡＩ系統，那麼布魯就更不可能找到空檔瞞過主辦單位的監控，像這樣直接提供協助。

當然，左牧的疑慮早在布魯的預料之內，他爽快地回答：「正如左牧先生的猜想，現在系統的控制並不在我手中，為保起見，他們選用的是最信任的程式設計師，所以我目前是在自己的房間內待命。」

「也就是監禁？」

「這倒不至於，別看我這樣，我還是有基本的自保能力。早在加入他們的時候我就已經安排好退路了，請不用擔心我。」

「我倒是不擔心你的死活，只想確認你並不是受主辦單位指使、想騙取我的信任的誘餌。」

「現在我是透過自己設計的ＡＩ系統來提供輔助，放心吧，他們查不到是我做的，也找不到來源。」

「……估且相信你說的是實話。」

「謝謝。那麼接下來你打算怎麼做？左牧先生。」

「總而言之必須等兔子好一點才能行動，至少要恢復到能成為戰力。」左牧摸著下巴思考，「另外就是，我想找高仁傑來幫忙，我需要能夠戰鬥的人手。」

布魯的聲音停頓幾秒，似乎有些困惑。

「你為什……」

「高仁傑不可能靠他自己一個人躲躲藏藏地活到今天，我早就覺得是內部有人在提供幫助。原本我懷疑是徐永飛，但現在我很確定是你。以你的能力，恐怕還有協助徐永飛在島內進行調查吧？」

「咳、咳咳……左牧先生，不愧是你。」

「畢竟再怎麼樣，徐永飛也需要有內應，否則在全面監控的情況下，就算有罪犯和玩家的協助，也不可能存活那麼長時間。」

「徐永飛畢竟和我是同事一場，看到他的下場，我沒辦法狠下心不管他的死活。」

「呵，你真是個老好人。」

「咳、咳咳。總之，我會按照左牧先生的需求，通知高仁傑過來會合，至於地點……要設定在這裡嗎？」

「不，麻煩他去正一那邊。最少也要保住正一的命，如果現在有玩家死亡的話，會讓主辦單位更加囂張。」

「明白了，還有其他事情嗎？」

「有的話我會再告訴你。」

「收到。」

結束和布魯的對話後，左牧重新拍拍兔子的後腦勺。

「兔子，你需要多少時間休息才能恢復戰力？」

兔子眨眨眼，用下巴貼在他的胸口上，考慮了很久，但沒辦法給出回答。

這是兔子第一次猶豫，看樣子他很清楚自己傷得不輕。

雖說這也在左牧的預料之中，但他原本還是抱持著一絲希望。

看來兔子暫時沒辦法戰鬥，得靠他跟羅本了。

「我們二十分鐘左右就必須出發，你好好休息，我去找羅本，待會再回來接你。」

左牧強迫兔子躺回手術臺上，或許是真的透支了，兔子沒有反抗，相當聽話地閉上雙眼，一秒入睡。

確定他沒有大礙後，左牧這才悄悄離開。

左牧戴著羅本特地拿來給他的全新防毒面具，坐在手術室外的椅子上沉默不語，雖然防毒面具遮住了臉，看不清楚他的表情，但從肢體語言大概能判斷，他正認真地在考慮某些事情。

他很清楚自己沒有多少時間能浪費，所以需要盡快消化布魯提供的情報，同時思考接下來的規畫。

總之，目前最重要的是和其他玩家會合。

依目前的狀況來看，跟他一樣是新玩家的黃耀雪待在容易防守的發電廠，不會受到這次奇襲的傷害，在離開「巢」之前也確認過他那邊沒有問題，可以說是五人當中最安全的。

至於博廣和及邱珩少則更不用浪費心思擔心，以他們的勢力和手中的資源，就算主辦單位想用毒氣偷襲，也不會成功。

那麼剩下來的就是最脆弱的他和正一。

他的話不用多說，只有兔子和羅本這兩張牌可用，加上又是新玩家、主辦單位的眼中釘，是最優先剷除的對象。所以他那邊才會安排如此多的人力圍攻，只不過兔子的實力超出所有人的想像，讓他勉強活了下來。

老實說，要是沒有兔子，他這次也不可能順利撤離，這是他欠他的。所以不得不承認，當他親眼確認兔子還活著的時候，才終於安下心來。

而雇傭兵們大概是不想再犧牲更多的人和時間，所以轉移目標，將正一視為突破口——這決定確實沒什麼問題，畢竟正一那邊的戰力不太足夠，而且依照那個男人的個性，他絕對不會拋棄任何一個人苟活。

真不知道該說正一是個老好人還是傻瓜，但，他不討厭就是了。

「總之需要想辦法突破困境……就算讓高仁傑過去幫忙，應該也沒辦法改變多少情況，得直接把雇傭兵的指揮官解決掉才行。」

左牧喃喃自語，在黑漆漆的大樓內部，看起來就跟地縛靈差不多，更不用說他周圍散發出的氣氛十分嚴肅，讓人不由自主地屏住呼吸。

「是在中央……不，或許那個地方早就人去樓空，如果布魯說主辦單位已經決定放棄這座島的話，恐怕只剩下那些持槍的危險分子在這裡。」

首先，得關掉毒氣，否則所有人都會被捆住雙腳，沒辦法自由行動。

但就算把毒氣關掉，也需要時間才能完全消散，誰也沒辦法確定，到那時島上還剩下多少活人。

「你怎麼還在這裡啊？不是說了要來地下室找我？」

久久等不到左牧出現的羅本，又再次走上來找人，結果就看到他周圍瀰漫著陰沉的氣氛，一個人嘴裡念念有詞，不知道在做什麼。

要不是他知道這個人是左牧，恐怕真會以為自己活見鬼了。

過於認真思考的左牧並沒有聽見羅本的聲音，連他走到身邊都沒察覺到。

「毒氣的源頭應該是在中央大樓……就結果來說，還是得去一趟？」

「你該不會是想要靠我們兩個人闖進去吧？」

「嗚哇！」

羅本彎下腰，這次他是直接在他的耳邊大聲說話，結果反而把左牧嚇到從椅子上摔下來。

左牧難得有這麼搞笑的反應，羅本眨眨眼，看著他張開大腿，單手扶著椅子，低聲哀嗚的模樣，嘆了口氣。

「你到底在幹嘛？」

「在想事情啦！你別突然嚇人行不行？」

「我已經跟你說過話了，是你自己沒聽進去。」

「呃、是這樣嗎……」

左牧有些尷尬，在羅本的攙扶下重新站穩，但屁股又麻又痛，還是讓他皺緊眉頭，不斷撫摸尾椎。

「你從地下室找到什麼有用的東西？」

為了轉移話題，他指著羅本的包包。

看起來滿重的，應該裝了不少，不過羅本的反應看起來卻不是很高興。

「都是些不中用的武器，可是照我們現在的狀況來看，有總比沒有好。」

羅本打開包包讓左牧檢察。確實就像他說的，裡面沒有什麼強力的武器，只有幾把髒兮兮的手槍，以及幾顆看起來放了很久的手榴彈和閃光彈。

不過，羅本還是有找到一把遠程武器，這稍微讓他的內心得到了一絲安慰。

「卡賓槍嗎……有多少子彈？」

「半盒。」

「手槍子彈呢？」

「倒是比較多，有八個彈匣。」

「已經確定過每把手槍都能用？」

「能，我檢查過了，不過因為長期沒有保養，我不能保證會不會卡彈。」

「就算是這樣也只能硬著頭皮上了。」

左牧從袋子裡拿了兩個彈匣和另外一把手槍，羅本則是很自發地把胸掛式槍套遞給他。

兩人默契地完成著裝，看著左牧檢查槍的俐落手法，羅本十分確信這個人不但有使用槍枝的經驗，甚至還很熟練。

普通人可不會這麼輕易上手。

「你不帶手榴彈？」

「不了，我要盡可能輕裝。」

「意思是你要潛入中央大樓對吧？」

「必須關閉毒氣才行，這是第一優先事項，一直戴著防毒面具也不是辦法。」

「確實，而且沒有安全的地方能摘下防毒面具的話，也無法安心進食，這樣下去不是餓死、渴死，就是被毒死。」

「嗯，你說得沒錯。雖然我知道島上應該有那種地方，但我們沒有時間去找出來，主辦單位絕對會趁這段時間把我們『處理』掉，而且他們很有可能會在那些安全區域裡埋伏。」

「這樣看來我們就是甕中之鱉。」

「所以我們要破甕逃生，時間拖得越久對我們越不利。」

「知道了，那正一那邊怎麼辦？」

「只能期望他們能撐到我們過去了。」

雖然左牧覺得就算多他們三個人也不會增加多少戰力，但是如果不去幫忙的話，他絕對會良心不安。

「你應該已經有計畫了吧？」

「有是有，但事發突然，還存在很多變數跟危險性。」

「但也只能硬著頭皮上了。」

「……你說得沒錯。」

「兔子怎麼樣？以他的狀況還能跟我們一起行動嗎？」

這是羅本最關心的事，畢竟只有他們兩個人的話，再怎麼說也太危險了。

就算左牧會開槍，也不代表就能成為戰力，更何況近戰不是他的強項，他沒有自信能夠同時保護左牧。

但就在他提出疑問的同時，手術室的門緩緩滑開。

兩個人嚇了一跳，慢慢把視線挪過去。

兔子戴著自己的防毒面具，握著沾滿鮮血的軍刀走出來，雖然行動還有些遲緩，但是精神狀況看起來還不錯。

明明才沒過多久，受傷加上吸入毒氣的兔子，竟然能夠恢復到這種程度，著實讓羅本和左牧震驚了。

這種恢復速度已經不能稱之為人類了吧！

兔子抬起眼，與兩人的視線交會，並往左牧的方向靠過去，二話不說便直接把人抱住。

「呃！你又——」

左牧反應不及，又怕推開他會碰到傷口，結果兩隻手只能胡亂揮舞，不知道該放在哪裡。

對看慣這種場面的羅本來說，兔子的行為讓他安心不少。看樣子那小子的精神好得很嘛，根本用不著擔心。

「快點放開！兔子！」

左牧只能用聲音喝止，無奈兔子根本沒聽進去。

結果他就只能像個巨型玩偶，直接讓兔子抱到滿足為止。

原本緊張的氣氛，全都因為兔子的出現而變得輕鬆滑稽，羅本也只能搖頭。

「擔心你的我真是個笨蛋。」羅本嘆了口氣。不過老實說，兔子能恢復體力確實讓他的壓力減輕了不少，畢竟這可是能不靠防毒面具、一路殺到底又迅速復活的男人。

「兔子，你現在的狀況大概恢復了幾成？」

兔子雖然摟著左牧，但也有把羅本的話聽進去。

他比了個讚，看樣子應該是想表達自己沒問題，羅本也只能當他說的是實話。

「逞強的話反而會讓左牧的處境更加危險，你知道的吧？」

兔子點點頭。

「那就好，可別拖我的後腿。」

羅本從包包裡拿出一把全新的軍刀，順手扔過去。

不知道是有心還是無意，刀刃竟然對準左牧的腦袋瓜，幸好兔子單手抓住刀柄，才沒讓軍刀刺穿他的腦袋。

兔子抬起銳利的眼眸，凶狠地瞪著羅本，羅本卻勾起嘴角輕笑。

「看樣子你沒說謊。」

他故意用這個方式來測試兔子的狀況，畢竟比起回答，眼見為憑比較快。

左牧滿臉無奈，再怎麼說也不該拿他的命來測試吧！

「羅本，你這傢伙……」

「這可是為了你好。」羅本不覺得自己有錯，收拾好東西後背起包包，「兔子，那把軍刀你應該會喜歡，之前那把已經都是肉屑和鮮血，刀刃應該鈍了吧？」

兔子揮了揮羅本特意幫他找來的軍刀，看起來玩得挺開心的，果斷地把另外一把扔掉了。

「真受不了你們……不知道該說你們感情好還是不好。」左牧扶額，不過就結果來看，羅本也挺依賴、信任兔子的。

要不是篤定兔子能夠活著走出手術室，他也不會特地找新的軍刀給他。

算了，兔子沒事就好，現在他們該把握時間盡快移動到中央大樓才行。

「我們走，兔子、羅本。」左牧重振精神說道，「該反擊了。」

羅本是不介意啦，只不過被兔子抱在懷裡、認真說著這句話的左牧，反而讓畫面看起來詭異又好笑。

BEFORE THE END OF THE GAME

規則二：中央大樓為島嶼的心臟

ゲームが終わる前に

雖說原本就預定要進入中央大樓，也做了不少調查和準備，但突發狀況讓左牧沒有辦法按計畫實行，只能見招拆招。

不過這都還好，最重要的是他們對中央大樓不是很熟悉，包括裡面的設施、構造，以及人員部屬的位置全都沒有掌握，貿然闖入就跟送死沒什麼不同。

可是透過布魯的協助，這些不確定因素都可以迎刃而解。

「布魯，你負責輔助我們行動，包括顯示位置、敵人數量和最短路線，我們不能花太多時間在對付敵人和迷路上面。」

「請放心交給我。」

「我和兔子都有辦法和你聯絡，羅本的部分有什麼辦法嗎？」

「羅本先生身上有什麼能用來通訊的裝置嗎？」

「有。」羅本拿出對講機，這是他剛才從雇傭兵的屍體上撿來的，「這個可以嗎？」

「可以，請轉到我指定的頻道。」

看羅本準備好之後，左牧點點頭，接著說出後面的計畫。

其實很簡單，他們靠布魯的幫忙就能直接找到控制室，可以直接從那邊關閉島上的毒氣系統，只不過必須靠手動。這座島的系統是由主辦單位那邊的人負責監控，布魯沒辦法直接關閉，否則會被盯上。

中央大樓的戒備人員並沒有因為對玩家們進行突襲而減少，倒不如說，發電廠的事件反而讓主辦單位增加了更多守衛。

不過，中央大樓內的一般工作人員已經全數撤離島嶼。他們不會冒險把任何可能透露情資的一般人丟在這裡。

原本想從中央大樓找出呂國彥之死的證據，現在看來是不可能了。往好處想，至少他們手裡還留有能夠推翻主辦單位的情報——只要邱珩少好好保護徐永飛就沒問題了。

「對了羅本，我還沒有機會問你隨身碟在哪呢？」

「隨身帶著呢。」羅本輕輕拉出脖子上的項鍊。

左牧放心地笑了笑，繼續說明計畫內容。

「因為進去後很有可能會分開，所以我們就各自看狀況行動，不需要經過我的同意，遇到狀況就由你們的經驗來判斷該怎麼處理。但是，我們的目標是中央控制室，像之前在發電廠的時候一樣，只要拿下那裡就好。」

「那麼退路呢？」

「到時候再看吧，現在我們只能一步步前進。我剛才也說過，現在沒時間做出詳細的計畫。」

「你該不會想壯烈犧牲吧？」

「放心好了，我當然沒有這種打算，不過我沒有把握也是實話。」

「……唉，好吧，我會盡全力協助你。」

「兔子也是，雖然你看起來沒事了，但我知道你現在的戰力不到之前的水準，所以我們現在不是以戰鬥為目的，而是盡可能潛入裡面。」

兔子點點頭。

「好，那麼就行動吧。」

三人根據布魯的指示，從最沒有防備的後門溜進中央大樓。

當然不是守衛失職，而是布魯利用警報系統把人支開，製造幾秒的空檔讓他們溜進去。

中央大樓裡的照明沒有很充足，這正如他們所願，畢竟這樣更容易隱藏。

雖說大樓內的空氣沒有受到毒氣汙染，但為了避人耳目，左牧和羅本沒有取下防毒面具，就這樣直接前進。

布魯告訴他們的路線非常安全，幾乎沒有遇到什麼人，就算有，兔子也能在幾秒內制服對方，再由羅本用束帶把人綁好、塞進空房間裡。

兩個人默契十足，也都乖乖按照左牧的指示行動，不過越靠近控制室，巡邏的人數便越來越多，直到沒辦法再用之前的方法前進，他們才終於停下腳步。

中央大樓內有很多監視器，不過有了布魯，監視器都成為左牧他們的眼睛，讓他們能即時掌握每個守衛的位置，並沿著監視器的死角前進。

在監視器數量這麼多的情況下，拍攝不到的死角居然能連成一條「路線」，看樣子，主辦單位肯定有什麼不想被錄到的事情，才會特意留下一連串死角。而這些死角連成的道路，巧妙地通往中央大樓的幾個重要位置。

而他們的目的地——控制室，也在這條路線上。

如果沒有布魯，左牧他們不可能如此輕鬆地潛入，但即便如此，他們還是沒辦法完全迴避敵人。

「果然，他們也料到會有人想進控制室關閉毒氣系統。」

左牧三人躲在角落處，用陰影掩蓋身軀，偷偷觀察前面的走廊。

明明其他地方的守衛都是兩人一組，這裡卻有七八個人來看守，顯然做足了準備。

左牧知道主辦單位想毒死所有人，當然會增派人手保護這個地方。

但是，現在他卻有種感覺，其他地方的守衛之所以那麼少，似乎就是希望他們能偷溜進來。

左牧觀察四周，在進來時他就察覺到了，中央大樓並不像發電廠那樣適合戰鬥。

狹窄的走廊、厚厚的牆壁，以及錯縱複雜的路線，這些都不利於近戰，當然，遠距離攻擊就更加不可能了。

「直接殺過去嗎？」羅本看左牧久久沒有反應，便出聲詢問。

左牧搖搖頭，「那樣會把整棟大樓的守衛都引過來，在這種地方，我們根本無路可逃。」

可以的話他不想引起騷動，但眼前的阻礙讓他別無選擇。

「這樣的話，就只剩下一種方式了。」雖然左牧不是很想這麼做，可是現階段也別無選擇了，「兔子、羅本，你們去把人引開，我找機會溜進去。」

「不用這麼做也可以。」

左牧剛下達指令，手表裡就傳來布魯的聲音。

他用稀鬆平常的口吻說道：「我有個能讓你們安全進去的計畫，但無法保證能安全出來。」

「沒關係，先以關掉毒氣系統為主。」

「……我明白了，那麼，請羅本先生把包包裡的藍色手榴彈拿出來。」

羅本愣了一下。

顏色？他在拿的時候並沒有注意到手榴彈上有顏色，不過也可能是地下室太昏暗的關係。

總之他先照布魯說的打開包包，果然發現手榴彈上以不同的顏色區分開來。

「原來這不是普通的手榴彈？」

「沒錯，這些手榴彈有不同的附加效果，從外型無法分辨，是以顏色做區分。」

「就連我這個擅長使用這些武器的軍人也認不出來……這是你們自己製造的？」

「是的，這是為了這場遊戲而特別製作的武器之一。」

「還真是惡趣味，萬一沒有留意，很可能會誤用……還是說，這就是主辦單位的目的？」

這個問題，布魯沒有回答，但沒有反駁無異於默認，於是羅本沒有繼續追問。

這武器八成也是之前主辦單位設計的遊戲內容。

「藍色是能夠釋放雷電、讓人瞬間觸電昏厥的雷光彈；黃色則是含有粉末的煙霧彈，只需要一點火星就能引爆閃燃；紅色則是閃光彈，光芒的亮度能灼傷眼睛，讓人瞬間失去視覺。」

「你現在解說這些，是想讓我們使用？」左牧訝異地眨眼，「這麼方便的武器你怎麼現在才說？」

「抱歉，因為沒什麼機會說明。」

「確實啊……不過這東西還真方便。」

左牧摸著下巴，從羅本的包包裡拿出藍色的手榴彈，「我大概明白你想要我們怎麼做了，但這樣沒問題嗎？爆炸的威力不會損傷建築本身？」

「除非用火箭筒，否則很難打穿這棟大樓的牆壁。」布魯語氣輕鬆地回答，「尤其是控制室，那裡可是要用大砲才能轟出洞來，比任何地方都更安全。」

「呵，聽起來真不錯。」左牧勾起嘴角，開心地對兩人說：「我有點子了，走吧！」

兩人點頭，把耳朵湊過來仔細聽左牧的計畫。

在簡單地說明後，兔子和羅本各自分開，繞到走廊的另外兩側，看起來像是要堵住守衛的退路。

「他們已經就定位了，左牧先生。」

「好。」左牧拿出黃色榴彈，臉上充滿自信，「麻煩你來倒數，布魯。」

「是，請稍等。」

布魯禮貌地回應，他同時開啟所有人的通訊器，過了十幾秒後，才統一開口。

「準備就緒了，請各位聽我的聲音行動。」

三人壓低身體，做好準備，仔細聆聽布魯低沉冷靜的嗓音。

「倒數五、四、三、二——一！」

控制室裡的監視器螢幕閃了一秒，由於太過快速，負責監控的人員並沒有發現監視器被人動了手腳。

根據左牧的指示，布魯操作系統，把監視器的畫面倒回幾小時之前，然後循環播放，不特別去留意的話，很難發現破綻。

同一時間，左牧三人分別從三條走廊扔出煙霧彈，瞬間整個樓層都被粉塵淹沒，守衛們全部嗆咳不停。

「什、什麼？」

「從哪裡冒出來的！」

在一片迷茫中，守衛什麼都看不見，只能舉著槍等待敵襲。這時，刀刃的寒光從正前方橫掃過來。

原以為會被殺死，然而守衛的喉嚨卻被刀背狠擊，瞬間難以呼吸、發不出聲音。他還沒搞清楚發生了什麼，後腦就被人重擊，昏倒在地。

在迷霧中，只聽見倒地的聲響從四面八方傳來。

還站著的守衛馬上拿起通訊器，「這、這裡是控制室！有敵人入侵！請求支……什麼？」

對講機裡傳來雜訊，無法和同伴取得聯絡。下一秒，他也被人打倒在地，和其他守衛一樣陷入昏迷。

將所有人放倒後，左牧才開口說話：「布魯，打開門吧。」

「是。」

布魯使用遠程操控，將控制室的電子鎖打開。

三人以最快的速度衝進去，兔子和羅本一刀一槍挾持住控制室的操作人員。

由於突發狀況太猝不及防，也沒人料到電子鎖會自動打開，穿著迷彩軍裝的操作人員根本來不及反應，就這樣被兩人擊暈後扔出去。

電子鎖再次鎖上，他們順利地占據了控制室。

左牧立刻座到操控臺前，透過布魯的協助，很快就找到關閉毒氣系統的程式，在此同時羅本和兔子則是提高警覺，顧著唯一的出口。

他們剛才沒有用上全力，所以被擊暈的人不久就會醒來。可是他們只需要幾分鐘的空檔，這樣至少還有逃出去的機會。

「就是這個嗎？毒氣操控系統。」左牧皺緊眉頭盯著螢幕，從上面的資料看得出來，毒氣的供應時間是系統預先設定好的，但每個「巢」的安全防護以及隔離裝置則是在深夜兩點多的時候由手動關閉。

也就是說，那是主辦單位行動的時間點。

目前存活下來的玩家的「巢」幾乎都在島的最外圍，由中央大樓開始擴散的話，毒氣就算侵入「巢」，也不會讓人立即死亡。

這或許就是那時他們沒有馬上死亡，還有時間反應的原因之一。

但是島嶼周圍幾乎沒有退路和能作為防禦的地形，對雇傭兵來說，剷除他們就像是甕中捉鱉，而玩家們不論是逃命還是反擊，都會受到地形限制。

這讓左牧忍不住懷疑，主辦單位是不是為了預防這件事，才會把玩家們的「巢」安排在臨海位置？

「真是讓我驚訝，我還以為左牧先生不太了解程式系統。」

「這部分的基本常識我是有，只是沒辦法像你們和徐永飛那樣靠自己的腦袋瓜寫出來或是更動程式。」

操作系統和寫程式不同，只要稍微知道系統的使用方式，他很快就能上手。

他知道，當自己關閉毒氣系統後，主辦單位就會立刻察覺中央大樓遭到入侵，不過現在沒有時間猶豫了。

「我關囉。」

說出口是為了提醒羅本和兔子。

他立即關閉程式，但在毒氣系統關閉的同時，整棟大樓響起刺耳的警報聲。

三人沒有慌張，尤其是左牧。

左牧冷靜地繼續調出系統，將所有看到的東西一個個關閉，其中也包括限制罪犯們的項圈。

「製造混亂」是他的目的，而將項圈系統解除後，那些擁有防毒面具的面具型罪犯雖然可能會成為他們的隱憂，但一方面也可能會成為對付這些雇傭兵的幫手。

無論如何，機率是一半一半，所以他選擇押後者。

在處理完能控制的系統後，左牧直接掏出手槍，往儀表板上開了兩三槍，確保沒有人能夠再重啟系統，接著關閉整棟大樓的監視器，並用軍刀切斷所有線路。

破壞完畢後，三人才逃出控制室，這時布魯卻緊張地回報：「已經有三、四支小隊朝這裡靠近，三分鐘後會和第一支小隊接觸。」

「沒關係，我們直接正面硬上。大樓的進出口呢？」

「目前所有出入口全都自動上鎖，中央大樓現在是棟超巨大的密室。」

他們現在是在三樓，當然是往下跑比較快，可是下面幾層絕對已經聚集不少敵人，如果不能突破重圍，那就只能等死了。

不過，他可不允許自己死在這種地方。

「如果我們到達一樓的話，你有辦法開其中一扇門讓我們逃出去嗎？」

「電子鎖不可能在這麼短的時間內破解，不過，手動的門倒是可以。」布魯迅速地研究一樓的結構圖，「在東南方的位置有一扇門，可以手動打開，不過我覺得那裡肯定被封死了。」

「過去看看就知道了。」

左牧把目標放在那扇門上，現在那裡可能是他們唯一的生路了。

中央大樓的窗戶全都是三層厚度的防彈玻璃，破窗是不可能的，只能依靠一樓的出入口。

下定決心後，左牧立刻帶著兔子和羅本衝下樓梯。

雖然警報很響亮，但軍靴的腳步聲卻依舊清晰，三人很快就知道前面的走廊有敵人。

他們同時拿出武器，兔子先一步在對方拐彎前衝上去，直接把毫無防備的敵人割喉。

其他雇傭兵在看到同伴噴血時，就已經來不及了。

舉著槍的左牧和羅本迅速扣下扳機，射殺那些被分心的雇傭兵。

部分靠後的雇傭兵及時躲回轉角後的牆壁，可是還來不及舉槍，雪白的身影已經晃過他們身邊，接著，所有人的喉嚨都噴出鮮血，一個個倒地。

左牧和羅本來到轉角，見到兔子已經把敵人全數解決，這才放下手中的槍。

羅本吹了聲口哨，「完全不像剛從鬼門關回來的人哪，兔子。」

「別調侃他。」左牧雖然苦笑著阻止，心裡卻和羅本有同樣的想法。

果然，兔子真的是個可怕的怪物。

兔子笑咪咪地回頭看著左牧，全身染著別人鮮血的他，簡直就像地獄來的惡鬼。

左牧知道他在想什麼，直接了當地說：「知道知道，你做得很好，兔子。」

兔子的眼神變得比剛才還要閃亮，像個孩子般笑彎雙目，天真又可愛。

這副模樣比起「兔子」，說是「狗」還差不多。

他們沒有餘裕逗留，得用最短的時間離開這裡才行，誰都無法保證敵人會不會增加。

在布魯的協助下，他們在守衛靠近前就能夠知道對方的位置，可以的話就避開，沒辦法的話就像剛才那樣硬著頭皮衝。

好不容易，三人終於回到一樓，只不過守衛的支援來得比想像中快，一樓的敵人數量比原本還要多很多。

「他們不是應該去正一那邊了嗎？怎麼還有這麼多人……」

「大概是從其他地方調過來的，畢竟發電廠已經被玩家占領，要是連這邊都出問題的話，面子會掛不住。」

「而且主辦單位大概也知道是我在這裡搞破壞吧。」

「我想應該是，因為只有你的行蹤沒有在他們的掌握之中。」

「嘖，被針對的感覺真討厭。」

左牧不喜歡這種感覺，但也不是不能理解主辦單位的作法。

「布魯，離你說的那扇門還有多遠？」
「敵人正後方的走廊左轉後再右轉就到了。」
「也就是說，不管怎麼樣都還是得面對那些人。」
「看樣子是的。」
「沒有其他的路可以繞過去？」
「沒有。」
布魯冷靜而坦白的回答，讓左牧頭痛萬分，但一旁的兔子倒是很雀躍。主辦單位的偷襲，讓兔子一肚子的火氣無處發洩，如果趁現在大開殺戒，肯定能大大紓解他的焦躁。
可惜左牧不想讓他這麼做。
以現況來說，雖然減少敵人數量是很不錯的選擇，不過他們現在是被困在沒有退路的大樓，並不適合這樣做。
更不用說，他們三人並不在最佳狀態。
即使目前看起來行動上沒有什麼問題，但沒有時間休息、喘口氣的他們，根本是靠意志力在硬撐，尤其是他。
羅本和兔子或許很習慣這座島上的生活，對於這樣抱傷上陣的事不以為意。

但他可是百分之百的普通人，連健身房都很少去，更不用說面對這種極限的情況了。

要不是靠著「絕對要活下去」的信念作為動力，他也撐不到現在。

「如果像剛才那樣用粉塵掩蓋視線，再趁機溜過去呢？」

羅本提議，卻被左牧拒絕。

「同樣的手法可能沒什麼用，而且剛才的人數沒那麼多，目的地距離也沒那麼近，現在用出來的效果不大。」

「那麼，果然還是直接衝過去？」

躲在牆壁後的左牧，默不作聲地觀察那些雇傭兵的行動，皺緊眉頭。

「……或許不用。」

從雇傭兵們的移動模式來看，左牧可以確信他們對布魯說的那扇門一無所知。若是知道那個地方的存在，絕對會增派人力防守，但他們卻分成幾個小組，以正門為出發點向前面和左右位置分散移動，甚至還有幾組人馬往樓上走。

左牧很肯定對方正準備進行地毯式搜索，由於雇傭兵的人數很多，所以不可能攜帶熱感應裝置來尋找他們，而這，就成為他們的優勢。

「你們兩個人安靜跟我走，動作快一點，不能被他們發現。」

左牧壓低聲音對羅本和兔子說，兩人露出困惑的表情，不懂左牧想幹嘛。

難不成左牧打算潛行？在這種狀況下？

還沒來得及回應，左牧已經將食指貼在嘴唇上，示意兩人悄聲跟在後面。

羅本和兔子半信半疑地跟著他，貼著牆壁移動。

左牧帶著他們兩個人前進，一邊觀察那些人的移動方向，巧妙地利用雇傭兵的視線死角，結果還真的順利來到布魯所說的那扇門前。

羅本很意外，他沒想到左牧這麼行，連他這個擅長隱匿行蹤的專家都有點佩服。

門的位置很奇怪，被安排在儲藏室底端的那面牆，周圍有許多清潔用品，不過看起來幾乎沒在使用，上面積滿了灰塵。

門本身不是很顯眼，加上儲藏室的燈光昏暗，如果不仔細看根本不會發現。

「布魯，你確定這扇門能通到外面？」

「是的。」

「這怎麼看都是危險的門啊。」

「請不用擔心，我不會說謊或是讓你們掉入陷阱。」

像這樣大費周章地把門隱藏起來，只有兩種可能。一是這扇門後面有著不為人知的祕密，其次則是有人刻意把這裡當成祕密出口，所以做得特別隱密。

這些都先暫時不說，最主要的是，布魯怎麼會知道這扇門的存在？

「要相信他嗎？」羅本詢問左牧，完全不怕被布魯聽見。

雖然布魯確實幫了他們很多，理由也十分合理，但真要相信一個只聞聲不見人的陌生人？他不太確定這麼做究竟對不對。

「反正我們也沒什麼選擇。」

左牧握住門把，用力向外推開。

由於很久沒有使用，轉軸的地方發出尖銳的摩擦聲，移動的瞬間還揚起一陣灰塵，但門還是順利地推開了。

就像布魯說的，這扇門確實通到大樓之外。三人平安地從中央大樓逃脫，躡手躡腳地溜進附近的森林。

就這樣，危機暫時解除，不過覆蓋在島嶼上的毒氣還需要一段時間才會消散，現在還不能放心休息。

不知道是不是因為處理掉了最危險的毒氣，隨著安心感覆蓋心頭，確認周圍安全無虞後，左牧立刻無力地跌坐在樹根上。

「真是累死我了。」

「畢竟我們一整晚都神經繃緊，根本沒有休息。」羅本看看周圍，確認方向後說道：「總之先去找個隱密處喘口氣，這裡太顯眼了。」

「你有什麼好地點？」

羅本指著不遠處的山丘，「往高處走，那邊有幾個洞穴還不錯。」

「洞穴……你什麼時候跟兔子一樣喜歡住洞穴了？」

「但我可不像他活得像個山頂洞人，那座山丘裡有我的臨時據點，裡面有些物資，也可以讓你好好睡一覺。」雖然聽起來很像抱怨，卻隱含著羅本的擔憂，「你跟兔子都需要休息。」

「你也一樣。」左牧站起來，輕拍羅本的肩膀，「雖然我很想同意，不過我很在意正一他們那邊的情況，所以就算累得半死，我還是必須過去。」

「他不是不想加入我們嗎？你幹嘛還要管他。」

「我可不想看到自己好不容易拯救的性命就這樣消失。」

「……只是這樣？」

「對。」

「唉……算了，我早知道你就是這種個性，嘴硬心腸軟。你真的很不適合這座島。」

左牧微微一笑，接著轉頭對兔子說：「抱歉，還要讓你再陪我一會了，你還撐得住嗎？」

兔子點頭，但又頻頻將視線投向羅本。

看來兔子同意羅本的安排，應該先讓左牧休息，可是卻又沒辦法拒絕左牧的要求，所以變得左右為難。

「等確定正一的安全後，我就會休息的。」

左牧知道兔子心裡在想什麼，認真地向他承諾。

這兩人擔心自己的心意很讓他高興，但是，他還有必須做的事。

確實，就現在來看，幫助不想和他們合作的正一並沒有什麼好處。可是，留住正一的性命多少還是有點用處，而且如果讓主辦單位順利殺掉玩家，只會增長他們的氣焰，他不會給敵人這個機會。

他想起與正一分開的時候，正一曾經提醒他「別死」。

那絕對不是客氣話，而他也很清楚，自己同樣不希望正一死掉。

所以，就算沒有什麼好處，他也想去幫忙——總比事後後悔來得好。

羅本眼看說服不了左牧，只好同意了。

「你可別在找到人之前就倒下了。」

「當然不會。」

左牧雖然很有自信，但下一秒就被兔子拎起來，躍上樹梢。

他差點沒嚇到魂飛魄散，羅本卻一臉若無其事地緊跟在後，似乎早就料到會變成這樣。

「你、你們幹嘛——」

「當然是幫你保留體力啊。我和兔子的體力都比你好多了，就算身體到達極限也能繼續戰鬥，所以你就趁移動的這段時間稍微休息一下吧。」

「被人拎著跳來跳去，最好是有辦法放心休息！」

「還是說你想被公主抱？我覺得兔子應該很樂意。」

果然，一聽到提議，兔子就用閃閃發光的眼眸盯著左牧。

感覺得到他充滿期待，但左牧還是婉拒了。

「……不，這樣就好。」

兔子覺得有些可惜，雖然沮喪，但腳下的速度不減。

於是左牧久違地再度享受了森林裡的「雲霄飛車」之旅。

BEFORE THE END
OF THE GAME

規則三：雇傭兵並非島內居民

ゲームが終わる前に

在兔子高速移動的幫助下，三人很快就來到正一的「巢」附近的樹林。

選擇在這邊停下是因為前方已經變成戰場，到處都是雇傭兵，密不通風地團團包圍住正一的「巢」。

可是不知道為什麼，雇傭兵沒有衝進「巢」，而是在周圍埋伏。

左牧他們沒有辦法，只能先在比較安全的地方觀察狀況，等待高仁傑來會合。

「看來這邊的情況比我們想的還要緊繃。」羅本蹲在樹上，拿著單眼望遠鏡觀察，雖然沒辦法掌握全部事態，但至少能看到「巢」的周圍都有正一的人在防禦，而且每個人都戴著防毒面具。

不過，這也僅限於「看得見」的部分，實際狀況還是要等高仁傑回報。

「布魯，你不能直接聯絡正一嗎？」

「我主要協助的對象是左牧先生你，接觸其他玩家反而會有很大的風險。」布魯老實地回答。

左牧想想也沒錯，布魯的事最好是越少人知道越好。

「話說回來，左牧先生是不是除了毒氣之外，還關閉了項圈系統？」

面對布魯突然的提問，左牧沒想太多，直接了當地說：「是啊，本來這就是我進入中央大樓的目的，想說機會難得就順手關掉。」

他心裡想著布魯大概會認為這樣做風險太大，沒想到布魯卻長嘆一聲，無奈道：「……管理罪犯的項圈系統並不是由中央大樓控制的，而是我這裡的主系統，所以我才能夠關閉兔子項圈的自爆系統……我還以為左牧先生能夠意會，沒想到你完全沒有發現。」

左牧愣在原地，流下冷汗。

「那我關閉的是什麼東西？」

「是主辦單位飼養在這座島上的危險『寵物』，而且控制臺已經被你開槍破壞，想重新啟動也不可能了。」

這下可好，原本想著能夠解決一個煩惱，結果反而製造出更大的問題！

布魯說得對，最開始他就說過兔子的項圈系統是他關閉的，當時他就該意識到主辦單位能在島以外的地區控制項圈，沒想到自己竟然會做出錯誤的判斷……

難道是因為吸入了毒氣，導致他的思考能力下降了嗎？

無論如何，犯下的錯已經無法挽回，他也只能接受這個事實。

「抱歉，我好像做了蠢事。」

布魯思考幾秒之後，說道：「沒關係，倒不如說以目前的情況，或許那些『寵物』被釋放，對你們會有點幫助。」

「你是真心這樣認為，還是只是想看笑話？」

「當然是真心的，左牧先生，拜託別把我想得這麼腹黑。」

「所以說，你講的『寵物』究竟是什麼東西？」

「左牧先生也見過，對它們應該不陌生。」

「都這個時候了你還賣關子？」

「總之不用擔心，現在請先留意眼前的敵人。那些雇傭兵全是訓練有素的軍人，人數遠超過你們，要是被發現，可是比從你的『巢』逃離時更加困難。」

布魯說得沒錯。

偷襲他的雇傭兵人數和包圍正一的人數相比，根本是小巫見大巫，看來主辦單位為了「清理」這座島，派了一整支軍隊過來。

又不是打仗，有必要這樣大費周章嗎？

但這也表示，存活下來的玩家和面具型罪犯們有多麼棘手，需要動用到這樣的人力。而且直覺告訴他，博廣和和邱珩少那邊的人可能不比這裡少。

三個人靜靜等候一段時間後，兔子忽然轉頭看向附近的樹叢。

果然，沒過幾秒，就見到高仁傑搖搖晃晃地走出來，一見到左牧就忍不住抱怨：「喂，這跟說好的不一樣，為什麼把我也捲進來了？我又不是你的搭檔，你還命令我大老遠地跑到這裡來……」

「抱歉，我也是沒辦法才會找你。」

高仁傑搔搔頭髮，觀察著兔子和蹲在樹上的羅本的狀況。

「雖然我大致上從布魯那邊聽說情況了，但沒想到你們三個還能活下來，真的就像打不死的蟑螂。」

「我們也是費了很大的功夫才活到現在，你應該看得出我為什麼會需要你。」

「啊啊，這兩個人的狀況確實不算好，不過你們剛才不是潛入了中央大樓？在這種狀態下你們還能做出這種事，根本不像需要人幫忙的樣子。」

「閒話就聊到這，簡單地解釋現在的狀況給我聽。」左牧將話題切入重點。

高仁傑雙手環胸，把自己來到這裡後觀察到的畫面，一五一十地說出來。

雖然時間不長，不過從他的角度來看，正一把自己保護得很好，並沒有像左牧擔心的那樣嚴重。

「你應該發現了吧？那些雇傭兵根本不敢靠近那棟房子。」

「嗯，也沒有遠程攻擊的打算，我和羅本正覺得奇怪。」

「那是因為他們把所有能夠看見人的角度全部封死，而且房屋周圍還有妨礙紅外線的裝置，所以沒辦法從外面確認屋內人員的數量、位置，還有行為。」

「原來如此，看來這些雇傭兵滿謹慎的。」

「我想應該是因為你的關係，連三個人都殺不死，更不用說罪犯人數遠超越你的其他玩家了，而且其他三個玩家那邊應該也都沒有被攻下來。」

「因為攻不下來，所以只好打持久戰？」

「也或許是想等毒氣殺死屋內的所有人，畢竟雇傭兵有『安全屋』可以隔絕毒氣進食，但在安全系統關閉的『巢』當中，不可能脫下防毒面具進食，這就是他們在等的。」

「不過，毒氣系統被我關閉的消息應該很快就會傳到這些人耳中，到時後他們應該會提早行動或是改變對策。」

「剛才我在過來的路上就看見幾隊人馬開始轉換位置了，很可能已經接獲情報，看來他們大概是打算硬著頭皮攻堅。」

左牧和高仁傑十分認真地討論現在的情況，以及接下來要怎麼行動的方案，這讓站在左牧身後的兔子覺得被冷落，甚至有種地位要被高仁傑取代的錯覺。

他瞪著高仁傑的眼神變得越來越凶惡，最後甚至直接把下巴靠在左牧的肩膀上，彎曲身體，從背後緊緊抱住。

這種像是在宣示主權的行為，高仁傑當然有注意到，但他懶得和這隻兔子爭寵。

「兔子，你很重。」

左牧比兔子矮小，也沒他強壯，被他用全身的重量壓住，理所當然會不爽。

他不知道兔子在想什麼，現在他可是很認真地在和高仁傑商討對策！

「你再這樣壓我，我就把保護我的工作交給高仁傑。」

這句話效果卓越，兔子立刻乖乖把頭抬起來，但環在左牧腹部的手依舊沒有放開，這對他來說似乎已經是最大的讓步。

左牧也懶得理他，繼續和高仁傑討論，不過看在高仁傑眼裡卻格外彆扭。

兔子對左牧的執著已經到了病態的程度，左牧不可能沒有發現，再這樣縱容下去的話，他恐怕就得養這隻兔子一輩子了，難道他真的覺得沒關係？

雖然好奇，但直到最後高仁傑都還是選擇沉默。

而在樹枝上把風的羅本則是帶著壞笑欣賞底下的有趣畫面。

「這風景還真是百年難得一見，呵呵。」

羅本早就習慣置身事外，不過高仁傑和他不同，想當初他也是對兔子的執著既好奇又困惑啊——看著其他人來體會也滿好玩的。

「喂，羅本。這兩人平常就這樣嗎？」

高仁傑雖然知道兔子很重視左牧，但眼前的大男人看起來就跟寵物沒什麼不同，和傳聞中的恐怖模樣完全相反。

羅本用悠哉的態度回答：「從遇到他們以來都是這樣。」

「……看來你也過得挺辛苦的。」

「習慣就好。」這是羅本打從內心深處給出的誠摯建議。

四個人的悠哉時光沒有持續太久，在左牧聽見遠處傳來的腳步聲之前，兔子就已經警覺地抬起頭，目光緊緊盯著左方。

羅本和高仁傑一看到兔子的反應，便默契地互看一眼，在兔子拉著左牧躲到樹幹後面去的同時，也各自找隱蔽處藏匿。

他們藏好後沒過多久，五人組成的傭兵小隊緩慢經過。

小隊成員很安靜，為了確保隨時能夠開槍，他們舉著槍枝移動。

左牧屏息觀察這些人，小心翼翼地不讓自己被發現，但是沒想到另外三個人在敵人走到正中央的同時，忽然衝過去。

兔子的速度最快，他先偷襲走在隊伍最後面的人，從背後用手臂勒住他的脖子，另一隻手再扣住手臂緊壓，很快就讓對方缺氧昏厥。

同時，前面的傭兵們也注意到動靜，轉身將槍口對準他。

速度慢了一點的高仁傑和羅本分別從左右兩側上前，抓住最前頭的兩名雇傭兵。

同樣擅長近戰的高仁傑直接對準喉頭，用虎口狠狠打下去，敵人瞬間無法發出聲音，痛苦萬分地丟下槍摀住喉嚨，接著就被高仁傑狠踹兩腿之間，瞬間倒地不起。

近戰實力不如另外兩人的羅本，直接用卡賓槍的槍拖狠敲對方的後腦，趁他倒下時，在他的頸側注入早就準備好的麻醉藥。

五人小隊在短短幾秒內，就被輕鬆撂倒了三個。

剩下的兩名雇傭兵被他們三人包圍，慌張地舉槍瞄準，還來不及扣下扳機，就被兔子和高仁傑迎面送上的拳頭一秒揍暈。

「真虧你們兩個猜得到我想做什麼。」高仁傑抬眼看著羅本和兔子。

羅本就算了，原本他還以為兔子不會行動，還是說他單純只是想剷除左牧身邊的危險，所以才出手的？

不管怎麼樣，結果好就好。

「你們三個真是……能不要做這種讓人壽命減半的事嗎？」

左牧從安全的樹幹後面走出來，在這三個人面前，他連舉槍掩護的機會都沒有。

怎麼突然有種他是被三名騎士保護的柔弱公主的錯覺？

「這是混進去的好機會。」羅本邊說邊把其中一名雇傭兵的頭盔取下，扔給左牧，「我也是這麼打算才出手的，兔子大概就只是想清除威脅。」

左牧接下頭盔，無奈地嘆氣，兔子則茫然地歪著頭。

看樣子羅本大概是猜中了，兔子什麼也沒想，純粹憑著直覺行動。

「這些人應該也是從其他地方過來的增援，你應該也是聽布魯說的，所以才會選擇在這裡觀察不是嗎？」

「是這樣沒錯，我也可以理解你們的想法，只是……我根本沒打算喬裝成這些人，這樣風險太高了。」

似乎只有左牧不想這麼做，另外三人直接無視他開始換衣服，就連兔子也很開心地幫忙把裝備全部取下來遞給他。

無可奈何之下，左牧也只能順從多數。

四人很快就換好裝備，把那些被脫到只剩內衣褲的雇傭兵綁在樹叢後的樹幹上。

羅本和高仁傑清點武器數量，而兔子仍拿著軍刀，沒打算帶槍。

因為這樣看起來真的太詭異，所以左牧就用命令的方式逼他把槍背在身後。

「這把 AK-47 還滿輕的，是真槍嗎？」

左牧覺得手感有些奇怪，但羅本和高仁傑卻用得很順，不知道是不是自己太久沒碰所以才會產生這種錯覺。

不過羅本卻告訴他：「主辦單位有和軍火商合作，這你應該知道？島上玩家使用的武器很多都是那個軍火商協助研發製造的。」

「知道是知道，但這跟我剛剛的問題有什麼關係？」

「那個軍火商不只擁有大量殺傷性武器，還有私人軍隊。他的私人軍隊使用的武器經過特別改良，威力和性能遠比賣出去的商品更強大。這把 AK-47 就是其中之一，你沒接觸過很正常。」

羅本的了解太過清楚，就像曾經是那些人的一分子。

但是，無論是左牧還是高仁傑，都默契地沒有追問。來到這座島的人都有著自己的原因和理由，沒必要刨根究底，他們只要想著怎麼活下去就好。

羅本大概也有著同樣的想法，所以才刻意把這件事說出來。

「準備好就出發吧，我和兔子走前面，你跟羅本殿後。」

不知道是從什麼時候開始，變成了由高仁傑指揮，而老被他親暱地叫「兔子」的兔子，表情看起來超級凶狠，似乎是在質問他憑什麼裝熟。

但是左牧沒有否定，所以兔子忍住脾氣，乖乖聽從高仁傑的安排。

更換裝備後真的比較方便移動，而且還能從無線電裡知道對方正在計畫攻堅。就和他們猜想的一樣，雇傭兵們打算在毒氣消散之前，盡快把正一處理掉。

久攻不下另外三個「巢」，左牧三人又不知道逃到哪去了，在這個前提下，雇傭兵們將所有戰力集中到這附近，看來是想要藉由幹掉正一來提振士氣。

花這麼多人力包圍一名玩家，實在有點可笑。而且他們都已經發動夜襲，卻沒能殺掉任何一個玩家，傳出去的話絕對會成為笑柄。

這也證明，那個軍火商引以為傲的「軍隊」只有這種程度。

「我們能夠行動的時間不多。」左牧皺緊眉頭，認真思考。

他該怎麼在短時間內解決島上的所有雇傭兵？

——怎麼想都是不可能的任務。

「左牧先生，不好意思打擾了。我想我應該有辦法協助你們。」

布魯的聲音突然從手表的位置傳來。

左牧很感興趣地猜測：「你該不會還能遠程操控什麼系統？」

「算是。雇傭兵身上攜帶的儀器，不論是追蹤雷達、紅外線系統，還是通訊用對講機，全都是能從我這邊直接手動取得控制權的科技產品。」

布魯接著還說了許多專有名詞和聽起來很困難的內容，左牧沒有仔細聽，但大概知道他想做什麼。

只要是科技產品，尤其是連接網路的工具，都需要「晶片」。

據布魯所說，這個軍火商使用的晶片能透過系統直接下達指令。簡單來說，布魯是打算讓雇傭兵頭盔內的晶片產生過熱反應，進而造成短路。

在這個過程只會引發白煙和小火花，但是產生的熱能卻可以讓雇傭兵們痛苦不堪，到時候他們就連武器都沒辦法拿好，自然就成為反擊的突破口。

坦白說，這確實是個不錯的方法，只要和正一的人聯手，就有機會把雇傭兵一口氣解決掉。

「果然是只有你才想得出來的辦法。」

「如果左牧先生事前知道能這麼做的話，也會提出同樣的對策吧？」

「呵，不用趁機討好我。這樣看來，你雖然是偷偷協助我們，但能做到的事情還是挺多的。」

「因為這些程式基本上都是我寫的，所以我很清楚如何鑽漏洞。」

「現在我開始懷疑，徐永飛是不是為了包庇你，才會被主辦單位放逐到這座島了。」

這回布魯沒有回答，甚至連捧場的輕笑聲也沒有。

左牧肯定猜得八九不離十。

「徐永飛是很有實力的程式設計師，這是無庸置疑的。」

「這點我當然不會否認。」

「……那麼，我會在三十分鐘後開始讓晶片超載，預測大概要花一小時以上的時間，才有辦法造成我描述的效果。」

「這麼久？」

「裝置本身就有防止過熱的設計，所以得花點時間。」

「好吧。」

「別忘了你們現在身上穿的也是同樣的裝備，請記得在這之前脫掉。」

「我會記住的。」

由於其他三人也聽見了討論的內容，所以不需要左牧重覆解釋下一步的計畫。

「現在我們只要在三十分鐘內見到正一就好。」這樣一想，心裡也輕鬆不少。

可惜左牧高興得太早了，沒過多久，對講機裡傳來其他雇傭兵的聲音。

「請各小隊到R點集合，再重覆一次，請各小隊到R點集合。」

「看來是準備整合人力了。」

高仁傑有點不安，看樣子雇傭兵的行動比他們預料的還快。

左牧倒是不以為意，笑嘻嘻地說：「布魯，你知道這些雇傭兵在哪集合嗎？」

「根據掃描，是在你的三點鐘方向，大概一公里左右。」

「那裡……不就是『巢』的正門口嗎？」左牧勾起嘴角，「看樣子連這些雇傭兵的指揮官都在幫我的忙。」

現在的進展正如他所願，只要正大光明地混進去、和這些雇傭兵一起闖入正一的「巢」，他就可以直接和正一見面。

「布魯，你能找出正一在哪個位置嗎？」

「我可以透過玩家手表的定位系統來確認。」

「好，等我們進去後就靠你告訴我方向。」左牧說完，還不忘提醒身旁那三人：「你們可別傷害正一的人，聽見沒？」

「知道啦。」

「嘖，我不習慣近戰，現在卻要跟你們一起攻堅……」

高仁傑回答得很快，羅本反而有點小抱怨。但總歸來說，他們都準備好了。

「那就前進吧！左牧小隊！」

三人你看我、我看你，雖然對於這個自爆身分又沒創意的隊名有些疑慮，不過，現階段就先順著左牧的意思來吧。

他們不知道的是，其實左牧喊完之後，內心也感到非常羞恥。

打死他都不會親口承認自己剛才的幼稚發言。

左牧這個臨時湊成的四人小隊，在不清楚雇傭兵方的計畫以及行動方案等前提下，在群體中算是很突兀的存在。

幸好雇傭兵們此時的注意力都放在拿下眼前的據點上，所以就算他們看起來有點奇怪，也沒有被發現。

總而言之，他們四個人很輕易就混進了雇傭兵群，左牧對此還挺意外的。看來這些雇傭兵真的是狗急跳牆，連自己的同伴被滲透都不知道。

「這裡的情況比我想的還要鬆懈。」羅本觀察一圈，反而為這些雇傭兵感到悲哀，「如果這些人不是靠毒氣偷襲，而是正大光明出手的話，搞不好反而會被玩家們痛毆一頓。」

「軍火商的私人軍隊有這麼爛嗎？」左牧倒是心存懷疑。

混進來之後，他慢慢明白一件事。這裡的雇傭兵大多數都給人一種生澀的感覺，跟偷襲他的「巢」的那些雇傭兵有著明顯的差距。

他猜想，會不會是主辦單位覺得島上的人在施放毒氣和關閉安全系統之後，就等於一隻隻待宰羔羊，所以沒有投入太多優秀的戰力。

這樣的話就能解釋，為什麼這些雇傭兵變得越來越好對付了。

「啊，看到指揮官了。」

高仁傑突然開口，其他三人立刻順著他的目光看過去。

在森林前面搭著兩、三個簡單的篷架，裡面除了通訊兵之外，還有幾名雇傭兵圍在長桌兩側，十分認真地商討著什麼。

大部分的人都在仔細地聽取一名拿著地圖的男人發言，這個人很可能就是發號施令的指揮官。

當然，棚架附近有不少拿著AK-47的雇傭兵警戒著，也和眾人集結的地方有段距離，看上去無法隨便靠近。

「原本想說如果能拿下指揮官的腦袋，至少可以引發混亂，反擊的時候會比較輕鬆，但現在看來機會不大了。」

「你別想得這麼簡單，他們還沒蠢到會犯這種錯誤。」

高仁傑的計畫，很快就被羅本打槍。

羅本完全沒打算跟他搞好關係，態度也很冷淡，不過看在左牧眼裡，這兩人之間的氛圍已經稍微不同了。

雖然現在大家都戴著防毒面具，看不見表情，但從語氣仍然可以判斷出兩人心境的改變。

至於兔子，他根本就不在乎他們人在敵方陣營，看起來似乎在發呆，默不作聲地盯著同一個地方。

左牧有點擔心他是不是因為傷勢還沒好，又太過勉強行動，所以開始精神不濟了。可是他還來不及確認兔子的狀況，指揮官發下來的任務就透過對講機傳達給各小隊了。

「在毒氣消散前，全力進攻！絕對不要留活口！」

左牧有些意外。這也未免太……簡單直接？根本不像軍隊下達的指令。

看來雇傭兵方不打算再浪費時間，決定越早行動越好。

不過接獲命令的似乎只有像左牧他們這樣的非主力小隊。開始移動後，能看出準備出擊的都是看起來很好解決的雜兵，後方則有另外安排人手待命。

刑警的直覺告訴他，那些沒有接獲命令的雇傭兵，才是真正讓人頭疼的敵人。

「怎麼了嗎？」

羅本看見左牧沒有動，還以為他有其他計畫，但左牧只是搖搖頭。

「……不，沒事。我們走吧。」

總而言之，先和正一會合再說，其他事情就等之後再見招拆招。他們和這群雇傭兵一樣，所剩的時間已經不多了。

他們的四人小隊和另外兩組小隊一起行動，負責從「巢」的右側進行圍攻。

當然，對方沒有傻到會直接放他們進去，在距離「巢」兩百公尺左右的地方，正一的人就開始攻擊了。

雖說被圍困了一段時間，這些罪犯攻擊起來卻沒有絲毫遲疑。老實說，左牧覺得右側是攻不進去的，而且在這裡的守備人數比其他地方更多，似乎早就料到雇傭兵會選擇這裡作為優先突破地點。

不得不承認，正一的判斷滿正確的，可是這也讓左牧他們難以靠近，這樣下去，在戰況變得更混亂之前，他無法先和正一見上面。

「喂！這樣根本沒辦法靠近。」高仁傑無奈地向左牧大喊，一直忙著閃躲，老實說真的很耗費體力。

「我知道，但還是不能攻擊。」

「嘖，那麼你好歹想個辦法吧！」

「你別催我行不行？」

左牧轉頭喝止高仁傑，卻湊巧看見在戰場的邊緣，有幾個人影在移動。

雖然天色昏暗，他看不太清楚，但還是能辨認出那些是「人」。

看起來不像是正一，而且感覺他們似乎打算趁亂撤出……那到底是誰？

正當左牧被那些人影吸引目光，思考起對方的身分時，後方傳來淒厲的慘叫聲。

「哇啊！」

「救、救命！救命啊！」

有個雇傭兵連滾帶爬地從左牧和高仁傑之間跑過去，他不但拋下武器，甚至還往戰況最激烈的方向逃竄，簡直就像被什麼恐怖的怪物追趕著。

不遠處的羅本和兔子同時察覺到異樣，而離左牧最近的高仁傑也感覺到了那股不祥的寒意。

接著，他看見左牧的頭頂上出現黑色的巨大物體，正以飛快的速度朝他砸過來。

「小心——」

當高仁傑反應過來、想拉開左牧的時候，已經來不及了。

就在他為自己的慢半拍動作而著急時，兔子竟然從他旁邊衝過去，在物體砸下來的前一秒撲倒左牧。

兩個人在地上滾了好幾圈才停下來，被兔子好好保護在懷中的左牧，甚至連一點擦傷也沒有。

而左牧幾秒前站立的地方深深凹陷，彷彿被放大版的肉槌砸出了大洞。

一個異常龐大的人形跨出坑洞，不只是他們，附近的雇傭兵都被這張突然出現的扭曲臉龐嚇得半死。

接著，在人群中傳來清晰的聲音。

「為……為什麼守墓人會在這裡！」

那個人才剛開口，身後就出現第二個守墓人，直接用手背把他的頭顱拍飛。雇傭兵的無頭身軀搖晃著倒下，四周的戰況彷彿被急速冷凍，同時，眾人注意到從樹林裡緩慢走出來的第三名守墓人。

光是在這裡就聚集了三個守墓人，難道說是血腥味太濃了？現在因為主辦單位派出雇傭兵追殺罪犯和玩家，這座島上到處都是血腥味，為了避免靠血腥味行動的守墓人現身干擾，控制室應該已經將守墓人關起來了才對。

既然如此，為什麼守墓人會出現在這裡！

這是現場所有人內心的共同想法，無論是雇傭兵還是正一的手下，全都因為守墓人的出現而陷入恐慌。

只有左牧清楚守墓人出現的原因，「看來我不小心釋放的，是這些傢伙。」左牧也只能哈哈苦笑了，自己造的孽差點害死他的小命，要不是兔子的速度夠快，他差點就直接登出人生了。

「沒想到是這些傢伙。」羅本咋舌，一把拉起倒在地上的左牧，「看樣子你跟布魯的計畫要中止了。」

「唉，真的是計畫趕不上變化。」左牧也沒辦法，只能透過手表告知布魯這件事。

布魯只是冷靜地回覆：「我明白了，左牧先生，請你們盡快離開那個地方。」

「不，我們還不能走。」

整個戰場因為守墓人的出現而陷入混亂，正一的人很聰明，肯定會趁雇傭兵自顧不暇的時候突圍撤離。

守墓人是從樹林走出來的，雇傭兵們正好夾在樹林和「巢」之間，根據守墓人的「習性」，他們會優先剷除和自己對上視線的「生物」。

左牧原本也想趁機溜進去找正一，但他先被慘叫聲吸引了注意。

回頭一看，發現是來自偷偷摸摸地從「巢」裡溜出來的人。左牧判斷那是友軍，立刻向身邊的三人下令：「去幫忙！」

「啊？」高仁傑都還沒反應過來，羅本和兔子就已經衝過去了。

羅本從後方開槍掩護，兔子則是將披著黑色斗篷的人從守墓人的面前扛走，彷彿在運送貨物，和對待左牧時的溫柔方式天差地別。

守墓人當然不會就這樣放過兔子和目標，可是兔子很聰明，直接鑽入雇傭兵群，很快就躲開守墓人的視線，並成功讓他轉移目標。

兔子和羅本的配合確實完美，高仁傑不敢相信這些人是臨時組成的隊伍，這種默契，要說是一起行動五、六年以上都不為過。

「總之先暫時找個安全的地方……算了，好像沒什麼地方能躲。」

左牧還在思考躲藏地點，無意間看到兔子肩上的男人無力地垂下的左臂，手腕以下空無一物，包著染血的繃帶。

「欸？不會吧……」左牧驚訝地看著斗篷男。

看來他又救了個「麻煩」。

BEFORE THE END
OF THE GAME

規則四：手表為玩家身分證明

ゲ ー ム が 終 わ る 前 に

左牧陷入了困境。

除了高仁傑之外，目前他們全體負傷、狀況不好，還救了個斷手的拖油瓶，在這種情況下根本不可能去見正一。

左牧只能先放棄和正一碰面，不過眼下也沒有什麼地方是安全的。

守墓人出現在這裡的話，從其他方向進攻「巢」的雇傭兵應該也會遇到，所以改變進入方向是不可能的，而且這裡的狀況恐怕早就透過通訊器告知了指揮官，那麼他們的戰術很有可能被打亂。

單單一個不確定因素，就能夠輕易地打破計畫，這，就是戰場。

如果一切都能按照計畫進行，那麼所有事情都會變得簡單許多，可是左牧很清楚，在這座島上總是能出現各種「意外」。

高仁傑和羅本正努力在混亂中保護他跟行動不便的兔子，但這樣下去也只是白白浪費時間，他必須盡快想出辦法才行。

就在這時，趴在兔子肩膀上的人慢慢睜開眼睛。

雖然他還是很虛弱，面無血色的臉龐看起來像是半隻腳已經踏入棺材，不過能夠恢復意識總比昏迷不醒還要好。

左牧和他對上眼，原本想詢問他的身體狀況，卻發現他的瞳孔異常擴大、似乎無法對焦。

不需要專業的醫療知識，左牧也能看出對方的情況不是很好，他甚至開始考慮是不是要回到剛離開的那棟廢棄大樓，至少在那裡可以讓布魯提供治療。

那人用顫抖的微弱聲音說道：「附……附近有安全屋……去那裡……拜託你……」

「安全屋？」

「往……往前大概八百公尺……」

話還沒說完，男人就徹底失去意識。

防毒面具底下的喘息聲大到讓人覺得不舒服，彷彿垂死前的掙扎。

他臉上戴的是比較少見的半面體呼吸防護具，比起其他人更容易看清楚面貌，但左牧從沒見過這張臉。

斷掉的左腕、陌生的臉龐、知道安全屋的位置——

左牧想起了之前和正一見面時產生的異樣感，看來這個男人就是理由。

「怎麼辦？要去他說的那個安全屋嗎？」

羅本湊過來問，而左牧也做出了決定。

「嗯，靠我們幾個的腳程，八百公尺的距離應該沒什麼問題。」

「那正一這邊怎麼辦？」

「雖然不想這麼做，也只能暫時放棄，反正雇傭兵現在也沒有餘裕對他出手。」

就另一個層面來說，他算是誤打誤撞地打亂了雇傭兵的進攻計畫。

「他連位置都沒說清楚，你知道怎麼走？」高仁傑覺得左牧的決定有些倉促，沒想到他會聽信這個陌生人的話，也不懂他為什麼要出手幫忙。

「大概知道。」左牧摸著下巴思考，「順著他剛才前進的方向往前應該就是了，那附近有什麼建築嗎，兔子？」

兔子最熟識這片樹林，如果那裡真的有安全屋，兔子不可能不知道。

果然，兔子立刻點頭，證實他的猜測沒有錯。

「走吧。」

「你確定？」高仁傑還是有點不放心。

「現在不是糾結的時候。」左牧拍拍他的肩膀，「先過去再說。」

防毒面具裡傳來高仁傑的嘆息聲，眼看羅本和兔子都乖乖動身，他也只能捨命陪君子了。

三人很幸運，輕輕鬆鬆就從戰場脫離，不過最大的原因是守墓人忙著對付雇傭兵們，而沒有見過守墓人、不明白那是什麼怪物的雇傭兵們則是把槍口全都轉向那些怪物，結果兩方大戰起來，他們反而成為了局外人。

這對他們來說是好事，不過太過輕易也讓人微感不安。

照著男人說的方向和兔子這個活地圖，他們很快就找到了安全屋。

不過，當看到安全屋的真面目時，高仁傑和羅本當場傻眼，兔子倒是開心地接受左牧的撲頭獎賞。

「嗚哇……我想回地下道了……」這是高仁傑發自內心的真誠感想。

「這怎麼看都是防禦力差到破表的地方啊！」羅本難得地憤慨吶喊，轉頭對左牧說：「別跟我說你真的要進去裡面！」

眼前是一棟破爛到不行的木屋，周圍除了樹什麼都沒有，如果不仔細看根本不會發現這裡有棟屋子。

與其說是安全屋，倒比較像獵人小屋，而且還是那種上個世紀的建築。

田字窗戶的玻璃幾乎沒有一片是完整的，破爛的窗簾緩緩飄起，氣氛媲美鬼屋。雖然房子旁邊有一間緊貼的半坪大倉庫，卻被人用鐵鍊綑住，感覺像是裡面關著什麼怪物。

不得不說，連經歷過戰場和擅長殺人的羅本與高仁傑都覺得這裡很可怕，搞不好真的會有幽靈跑出來，光想就讓人寒毛直豎。

但是，左牧和兔子卻完全無感。

「哦——門沒壞耶。」左牧無視兩人的抱怨，開心地推開門踏進木屋。

打開門的瞬間有股冷風吹到臉上，雖然他們都戴著防毒面具，但確實感受到了涼意，這讓高仁傑和羅本的冷汗冒得越來越多。

屋內昏暗，只有簡單的桌椅和一張積滿灰塵的床。慶幸的是，這裡有廁所，雖然裡面是蹲式馬桶，但已經讓人非常滿足。

不過，廁所裡面有各種叫不出名字的昆蟲，恐怕在上廁所之前還得想個辦法清掃一下，否則真的尿不出來。

「我可不想住在這種地方。」

羅本是真心誠意地拒絕，兔子卻眨眨眼，用天真無邪的眼神盯著他。

「幹嘛？兔子，你有什麼意見？」

兔子沒有回答。雖然項圈已經解除，可是他還記得布魯的提醒，而且他也習慣了用沉默代替回應。

進門後的左牧並沒有馬上指示兔子把人放下來，反倒在屋內走來走去，甚至故意用力踏地板。

羅本和高仁傑覺得有些奇怪，互看一眼，接著就聽見左牧把桌子移開的聲音。

「找到了。」左牧勾起嘴角，笑得很開心。

他用指節輕輕敲打那附近的地板，接著就看到一個隱藏的開關。

打開開關後，原本布滿蟲子的廁所地板一縮，出現了向下的樓梯，周圍還有藍光顯示燈，看起來就很詭異。

這回連兔子都傻眼了，他們三人再次互看一眼，誰都不曉得左牧怎麼會知道有這種機關。

「你……我看你是特務吧？」高仁傑驚嘆道。

「我只是個電影看太多的普通人。」左牧簡潔地回答，懶得理會高仁傑，沿著樓梯往下走。

說也奇怪，剛才還徘徊在周圍的蟲子全都貼在牆壁上，遠離樓梯入口，彷彿被什麼人「控制」著。

既然左牧領頭向下走，其他人也只能閉上嘴巴，乖乖跟上。

而在所有人都下樓後，廁所地板瞬間恢復原樣，被左牧搬開的桌子、地上的灰塵和打開的大門，也都回到了原本的位置，就像從來沒有人移動過。

坦白講，左牧根本不知道這棟木屋會有祕密地下室，但他很肯定「安全屋」指的就是「鑰匙」配發的設施。如果沒有一定的安全性，不可能會令人如此執著。

所以他大膽地猜測這裡應該有什麼玄機，而在看到這棟木屋後，他也更加肯定自己的想法。

看似什麼都沒有的空間，有很大的機率會藏著暗門之類的裝置，所以他才會到處測試，沒想到還真的被他找到了機關。

原則上，進入這種陌生空間的風險太高，可是現在他們也沒有什麼選擇。

「布魯，這裡應該安全吧？」

「是，這裡是主辦單位提供的據點，不過看起來中控系統是獨立的。」

「獨立的？這有可能嗎？」

「除非這裡的所有者有能力建立迴避主辦單位的系統，不然不可能。不過據我所知，目前存活的玩家都沒有這項能力。」

「那麼死亡的玩家呢？」

「……有是有。難道左牧先生認為這裡的系統是已故玩家留下來的？」

「等我確認後再告訴你。」

地下室的空間比頭頂上的小屋還要大很多，設備也相當齊全，不只有乾溼分離的高級浴室，甚至還有裝滿食物的倉庫。客廳空間很大，L型沙發下鋪著地毯，電視機左右兩側甚至還有家庭劇院喇叭。

臥室有兩間，都放置著加大雙人床以及樸素簡單的家具，暖光的床頭燈讓臥室氣氛相當舒服，感覺能在這裡睡上好覺。

廚房是開放式的設計，羅本一看就立刻喜歡上了，待在廚房東摸西摸不肯走。流理臺旁邊連接著小吧檯，擺放了三張高腳椅，像是餐廳的一角。

客廳和廚房之間有張長方型餐桌，桌面上擺著一條窄長的裝飾桌巾，還很有氣氛地放著花瓶。花瓶裡的花是假的，純粹裝飾用。

原本以為這裡可能也被毒氣侵蝕了，但布魯確認之後，卻說這裡的空氣非常正常，羅本和左牧這才安心地取下防毒面具。

說真的，他們怎麼樣也沒想到這間「安全屋」居然這麼有生活感，跟地面上的血腥世界截然不同，彷彿穿越到了其他空間。

「沒想到地下還藏著這種地方……」高仁傑驚訝到下巴都快掉下來了。

左牧打開其中一間臥室，對兔子說：「把人先放在這裡。」

兔子立刻照做，雖然他們全身髒兮兮，但現在是非常時期，沒有餘裕顧慮會不會弄髒乾淨的床單。

男子躺在床上，看起來很痛苦，眉毛顫抖、不斷呻吟。

左牧摸了一下他的額頭，燙到不行，而那斷掉的左腕也滲出血水。

雖說左牧不是專業的醫生，不過至少具備基本的醫療知識，更何況現在還有布魯協助，所以他心一橫，決定先替這人處理傷口。

「羅本，去找找看有沒有醫療用品；兔子，幫我裝盆水來，順便找條毛巾給我。」

羅本和兔子接獲命令後立刻行動，高仁傑則一臉無聊地靠在房門口，觀察左牧的動作。

「你該不會想幫他治療？在連他的身分都不清楚的情況下？」

「並不是完全不知道。」

「哦？」

「之前主辦單位發布的任務，有一項是由兩名玩家一起想辦法逃脫的遊戲，當時正一和其中一個玩家一組，正一活下來了，另外一個玩家卻不幸死亡。」

他邊說邊抬起那隻斷掉的左手腕，「我想這傢伙應該就是當時和正一一起進行遊戲的玩家。」

左手腕斷掉的陌生人、正一那有點心不在焉的新搭檔、以及這個提供給玩家的據點——雖然只是猜測，但這些拼圖碎片，足夠讓他推敲出部分事實。

「也可能是在你來之前的玩家吧？」

「是沒錯，不過正一在這之前的態度都很一致，是在那件任務之後才變得奇怪。而且不知道為什麼，只有他反對我們的計畫。」

「你的意思是，他反對計畫的理由和這傢伙有關係？」

「是想保護他吧。之前我們討論的進攻時間是越快越好，如果正一也和我們一起行動，整座島都會變成戰場，這樣的話，好不容易活下來的這個人還來不及康復，又會被捲入戰火。」

無論理由是什麼，左牧都感覺得出正一想保護這個人。

可是，為什麼他會出現在那個地方？是想趁亂逃出正一的「巢」？

左牧還沒來得及仔細思考，羅本和兔子就各自帶著他需要的東西回來了。

暫時放下複雜思緒的左牧，開始替陌生男子重新包紮。

意外的是，左腕的傷口看起來復原得不錯，可能是因為剛才受到攻擊時扯開了傷口，重新消毒、包紮後就沒什麼大問題了。

至於發燒，大概也是因為傷口的關係，幸好左牧在醫藥箱裡找到了消炎藥和抗生素。

話說回來，這個醫藥箱裡居然有這麼專業的東西？真不愧是這座島上特有的醫藥箱。

左牧將這間臥室留給男子，接著對羅本和兔子下達命令：「先讓他休息，你們也是。」

「你真的覺得這裡沒問題？要是被敵人發現，我們可沒地方逃。」

「不用擔心，周圍的監視器如果有發現危險的話，我會提早提醒各位。」

布魯跳出來解惑，這才讓羅本沒有話說。

而兔子已經撲倒在沙發上，不到一秒就呼呼大睡，完全遵從左牧的命令。

羅本和高仁傑看見兔子一秒斷電的模樣，面面相覷，接著就聽見左牧對他們說：「另外那間臥室給你們兩個用吧，不要客氣。」

「我才不要跟他睡同一間，而且我不需要休息。」羅本說完，直接盤腿坐在地毯上，把包包裡的所有槍械拿出來攤平、一一仔細清理保養。

左牧聳聳肩，轉頭對高仁傑說：「你也不用休息？」

「我在地下道住久了，反而不習慣這裡。如果可以的話，我想直接回自己的老巢……」

「當然是不可以。現在我們缺乏戰力，你哪都不准去。」

左牧笑盈盈地回答，高仁傑無言以對。

「布魯，地面上的毒氣還需要多久才會消散？」

「大概需要四到五個小時。」

「……有點久。」左牧摸著下巴思考，「我想要盡快和其他人取得聯絡。」

現在外面一團混亂，他得想個辦法把所有人聚集起來，只有一起行動才有辦法面對現在的狀況。

他當時進入中央大樓只有毀掉控制室，並沒有攻擊他們的伺服器，所以主辦單位還是能夠重新掌控系統，只是需要時間。

如果不能趁這段時間徹底掌控這座島，他們的小命就不保了。

「雖然聯絡的部分幫不上忙，但我可以提供逃生路線。」

「逃生……所以說可以離開這座島？」

「是的。系統會對離開島嶼範圍的玩家和罪犯發出警告，主辦單位就能立刻派出戰鬥人員當場殲滅目標，但……只要將手表和罪犯們體內的晶片消磁就可以了。」

「消磁？做得到嗎？」

收到的情報。」

「據我所知，徐永飛已經開始往這方面研究，這是我和他最後一次聯繫時

徐永飛的名字，讓這個計畫的可實施性提高不少。

如果是那個人的話，真的有很高的機率能夠成功。

「島內的狀況會變得越來越混亂，失去控制的守墓人連我也無法阻止……

他們並不是輕輕鬆鬆就能夠解決的敵人，和你們之前在遊戲中遇到的『怪物』

是不同等級的存在。」

「也就是說，最好的辦法就是『逃走』嗎？」

「是的。」布魯接著說：「就算是這樣也是你們的勝利，存活下來的人都

可以成為證人，而你們手上也握有能揭穿主辦單位惡行的證據。」

「呵，聽起來是很容易卻又相當困難的辦法。」

「沒問題的，左牧先生。」

布魯的聲音聽起來相當有信心，不認為左牧會輕易被人殺掉。

因為左牧可是「那位先生」親自選擇的男人——

「好吧，說說你要怎麼讓我們所有人撤退？」

雖然不確定到時候還會有多少人存活，但他已經決定要盡量把能帶走的人

都帶離這個煉獄之地，其他的就等他揭穿這座島的存在後，再來進行救援。

「這些雇傭兵來到島上也是需要交通工具的，而他們使用的是潛水艇。現在那艘潛水艇就停在這座島的地底船塢。」

「呃，潛水艇？聽起來是很不錯，但……有人會開嗎？」

「那是由超級電腦操控的全自動潛艇，所以我可以遠端操作。」

「……不會爆炸吧？」

「不會。」

閃過左牧腦海裡的可怕想法，被布魯一秒刪除。

雖然聽起來非常不切實際，可是現在似乎也只有這個辦法了。

「事情談完了？」高仁傑看左牧跟布魯已經得出結論，便開口詢問。

左牧原本以為他有其他事情想說，沒想到卻被高仁傑拎起來，直接扔到另外一間臥室的床上。

「你、你幹嘛？」

「只顧關心別人，也不想想最需要休息的是誰。」高仁傑指著他的鼻子說：「你現在的臉看起來快死掉了，所以，你也給我好好休息。」

左牧眨眨眼，還沒來得及反駁，就看到原本睡在沙發上的兔子，搖搖晃晃地越過高仁傑走進臥室，接著就這樣倒在他身上。

「噗唔！」

左牧被他壓得差點喘不過氣來，動彈不得的他原本想向高仁傑求助，沒想到那個沒良心的男人居然已經把房門關上了。

「那、那傢伙……兔子！你給我醒醒！」

原以為兔子是醒著的，後來才發現這傢伙根本還在睡夢中，不知道是夢遊還是依靠本能走過來壓住他。

說真的，這種「本能」有點令人毛骨悚然。

沒力氣推開他的左牧，只能接受現實。

而緊張了將近一天一夜、完全沒有放鬆過的身體，就在他放棄掙扎的同時，被濃濃的睡意侵襲。

也許是因為終於放鬆下來，他總算意識到自己的身體以及精神上的疲憊，沒過多久，左牧也像是電池耗盡般直接斷片。

感覺休息了很久，但實際上只過了三個小時。

雖然這個地下安全屋裡沒有時鐘，不過有布魯可以幫忙報時。

兔子醒來之後發現自己壓在左牧身上，十分內疚地屈膝窩在房間角落，看得出來心情很低落。

左牧除了身體有點痠痛加上胸口悶悶的之外，睡得還算可以，也沒打算為此責怪兔子，可是本人自顧自地陷入低潮，他也沒輒。

「早餐做好囉——」

羅本穿著圍裙，將一盤盤鬆餅和煎蛋端到大家面前，甚至還有咖啡和果汁，讓人差點忘記他們還待在危險的島嶼上。

高仁傑和兔子各自拿著早餐，躲到沒人的地方去吃，而左牧則是和斷腕的男人肩並肩坐在吧檯前，一起享用羅本特製的早餐。

左牧和羅本盯著默默吃煎蛋的男子，直到他把盤子裡的食物掃空。

「抱歉，肚子有點餓。」

「沒關係，反正這裡本來就是你的據點。」左牧笑咪咪地說，「或許應該說『曾經』？」

「……已經察覺到了嗎？還真快。」他放下叉子，輕嘆一口氣，「正一說得沒錯，你確實是個聰明人。」

在確定自己的身分曝光後，男子也不再隱瞞，友善地伸出手。

「初次見面，我是關止然。」
「你就是跟邱珩少一樣擁有四把鑰匙的那個神祕玩家？」
「也沒有很神祕，我只是不想和其他玩家接觸而已。」
「你之前是和正一一起進行遊戲的對吧？所以……究竟發生了什麼事，讓正一不惜對其他人隱瞞你的存在？」
「邱珩少原本想殺我，正一大概是顧慮這點才會對你們隱瞞我的事，還有就是，我活著的事情不能被主辦單位發現……雖然現在看來已經無所謂了。」
「說得也是，畢竟現在主辦單位已經不打算留任何活口，就算你詐死也對遊戲本身沒有什麼影響。」
「以前他們對待詐死的玩家，是直接派守墓人『回收』，我實在沒想到現在他們除了安排雇傭兵，還放守墓人在島上隨意行動。」
左牧閉口不語。他實在不好意思告訴關止然，是他把守墓人放出來的。
「總之，我很高興你還活著。」想要轉移他的注意力，左牧便轉移話題。
關止然雖然有些虛弱，但還沒到無法思考的地步。
「對初次見面的人說這種話，你真是個怪人。」
「現在這種情況，能活下來就是好事。」

「……你說得也沒錯。」

「正一讓你過來這個安全屋，之後呢？」

「他說等到情況控制住會來找我，可是……」關止然皺緊眉頭，面色凝重，「我覺得與其等待，不如逃走比較實際。」

「可惜你的身體狀況不允許。」左牧指向他的左腕，「截肢可是大手術，不但需要靜養，同時也要依賴抗生素和止痛藥等，這不是一兩週就能康復的傷口。」

關止然還活著是事實，但他蒼白的膚色和虛弱的體力，也是事實。

「你的搭檔呢？」

關止然沒想到左牧會突然提起這件事，有些意外。

「為什麼這麼問？」

「正一身邊的新面具型罪犯就是你的搭檔吧？這樣的話一切就說得通了，正一那麼謹慎，不可能突然就找來一個實力強大的面具型罪犯當自己的新搭檔。」

「呵……連博廣和還有邱珩少都沒發現，而且沒有玩家知道我的搭檔長什麼模樣，沒想到你居然看得出來？」

「要不是正一的態度有些古怪，我也不會這樣猜，從結果來看，我是對的。」

兩人的對話既沒有心機也沒有隱瞞，只是很普通的閒談。

左牧簡單說明關於毒氣和中央大樓的事情，同時把自己接下來的計畫告訴他，並囑咐關止然不要離開這裡。

「只有傻瓜才會離開，我比任何人都清楚這個地方有多安全。」關止然理所當然地吐槽回去。

吃完早餐後，在左牧的強力要求下，關止然服用完抗生素和止痛藥後回到房間休息，而左牧一行人則重新背起裝備，準備離開這間安全屋。

「繼續待在這裡不是很好？為什麼急著走？」

高仁傑一臉困惑，他都還沒休息夠呢。

兔子和羅本則是憑著默契，大概猜出左牧心裡在盤算什麼，所以一句話也沒說。

面對困惑的高仁傑，左牧只是簡單地解釋：「外面的情況不會因為我們躲在這裡而好轉，現在最要緊的是找到其他玩家。如果博廣和、邱珩少的想法和我一樣，應該會往發電廠的方向移動，正一的話，大概會過來這裡吧。」

「那麼繼續待在這裡，不就能跟正一見面了？」

「嗯，但是太浪費時間了，所以我把要跟他說的話存在錄音筆裡，放在最顯眼的桌上，還附上字條，這樣就不用在這裡等他了。」

「然後呢？」

「找到所有人，然後一起搭潛水艇逃離這座島，這就是我現在的目標。」

剛開始，左牧有考慮使用博廣和的私人通訊來跟他聯絡，但布魯說那個通訊方式是依附在主辦單位的系統之下，也就是說，主辦單位切斷主系統後，博廣和的私人通訊也就無用武之地了。

這大概是博廣和當初設計這條通訊方式時，沒料想到的變數。

雖說通訊系統報廢，但好在發電廠是在他們的控制之下，不至於被斷電。如果在這種情況下被切斷電源——那麼活著離開的機率大概只剩個位數了。

「布魯，目前地面上的情況怎麼樣？」

「木屋周圍很安全，毒氣的話還有些許殘留，島嶼外圍可以不用戴防毒面具，但是要往中央走的話，最好還是戴上比較安全。還有就是，沒有守墓人出現的跡象，但……」

「怎麼了？」

「你出去看就知道了。」

布魯略帶神祕的態度，讓左牧的心底浮現不祥的預感。

他帶著三人走出木屋後，就明白布魯為什麼會這樣說了。

空氣中確實沒有毒氣了，取而代之的是刺鼻的血腥味。

左牧一行人沿著之前走到木屋的路線前進，一路上看到的都是支解的屍塊和乾掉的鮮血，樹幹和樹葉上全都是肉末，看就知道這絕對不是子彈造成的。

「都是守墓人幹的？」

「是的。」

「嗚哇……跟恐怖片一樣。」

他雖然能夠忍受屍體和血腥味，但眼前的景象仍讓人反胃想吐。

左牧開始有點擔心正一了，事態完全超出他的預料範圍。

「守墓人的數量應該不多吧？」

「目前在島上移動的大概有三十幾個。」

左牧差點罵髒話。三十幾個！這數字不是開玩笑的好嗎！

「總覺得很抱歉……」

「看你出包還滿有趣的。」羅本一如往常地吐槽他。

高仁傑在旁邊笑呵呵地問：「要改變計畫嗎？去看看正一那男人還是不是活著？」

左牧無奈地扶額，卻給出讓人意外的回答。

「不，繼續照原來的計畫行動。」

現在也只能相信正一能夠應付，並平安到安全屋和關止然會合。

為了能夠順利逃出這座島，他必須先確認徐永飛的死活，以及他正在研發的「消磁」道具。

BEFORE THE END OF THE GAME

規則五：罪犯體內有追蹤晶片

ゲームが終わる前に

罪犯在登島前，需要經過身體檢查並注射疫苗，確保每個人的身體都是健康、沒有任何狀況的，這樣才能提高玩家的存活率與遊戲的可看性。

而被主辦單位稱為「疫苗」的東西，其實說穿了就是追蹤晶片。

追蹤晶片是在未告知的狀況下下注射到罪犯們的身體裡，類似寵物晶片那樣，無論罪犯死亡或是逃離，全都在主辦單位的掌控中。

那麼，問題來了。

既然主辦單位擁有這項技術，那麼為什麼像高仁傑這樣的罪犯能夠不被查到，像幽靈一樣在島內自由行動？

很簡單，他體內的追蹤晶片被移除或消磁，又或者是，他在登島前沒有經過「身體檢查」，因此沒有注射追蹤晶片。

後者的可能性微乎其微，所以能想得到的只有前者，倘若是他自己將晶片從身體內移除，那麼就表示高仁傑知道晶片的位置，並且能夠在不借用主辦單位提供的醫療設備為前提下，將晶片取出。

這顯然非常不切實際，但如果說是有某個人協助他「消磁」的話，還倒有幾分可信度。至於能夠提供協助的對象，大概就是徐永飛了。

所以，當布魯說出「消磁」的辦法時，左牧並不意外。既然能消磁晶片，那麼對手表也能有同樣的效果。問題在於，如果徐永飛有這樣的儀器，那麼為什麼將這個祕密藏到現在？

「高仁傑，你覺得徐永飛可以信任嗎？」

高仁傑頓了幾秒，皺眉反問：「你問這個問題是認真的？」

「……當我沒說。」

其實這個問題的答案，他比誰都清楚。

徐永飛沒有理由把自己害到這般地步，而且雖然他被主辦單位流放到島內，也仍然在幫助其他玩家或罪犯。

呂國彥和高仁傑就是最好的例子。

或許，還有其他玩家也接受過徐永飛的幫助，只是他不知道而已。

「提高警覺，現在最危險的不是雇傭兵，是守墓人。」

四人小心地移動，一看到守墓人就立刻轉移路線，慶幸的是守墓人對雇傭兵們殺紅了眼，相較之下，舉槍朝他們射擊的雇傭兵更容易吸引守墓人的注意。

雖然布魯說過毒氣已經淡到不需要戴防毒面具，可是為了遮住臉，左牧和羅本還是戴著以防萬一。

為了繞過路上的守墓人，他們花了兩倍的時間才來到發電廠附近，雖然這期間兔子想像之前那樣扛著左牧前進，但是被左牧婉拒了。

在臥室的失態加上現在又被拒絕，讓兔子的心情非常不愉快，就算戴著防毒面具，也能感覺得到他的不爽。

「安靜得有點可怕。」

保險起見，他們四人先躲在發電廠附近的樹叢裡觀察。

這附近應該會有黃耀雪的人在戒備才對，現在卻一個人都沒看到，而且不知道為什麼，發電廠的大門是開著的。

左牧有些不安，但是周圍沒有守墓人出現，也沒有戰鬥的痕跡，這更讓人困惑了。

「布魯，沒辦法看見裡面的狀況嗎？」

「抱歉，發電廠的系統是獨立的，而且並沒有連上伺服器，所以我沒辦法看到裡面的情況。」

左牧早就預料到這種狀況，平靜地聽著布魯的回答。

眼前只剩下進去看看這個選項，加上他們沒有多少時間可以浪費，就算是陷阱也只能硬著頭皮往前衝。

左牧就賭，賭在這種情況下主辦單位也自顧不暇，沒辦法對付他們。

「各自留意。」

三人跟隨在左牧身後，提高警覺地進入大門。

周圍只有乾掉的血跡，都是之前進攻發電廠的時候留下來的，幾乎快看不見了。

越過大門後，再往前走幾公尺就能進入發電廠，和外面一樣完全沒有人駐守。

由於知道控制室的位置，左牧很乾脆地直接走過去。

控制室的門關著，旁邊的電路板卻被人開槍打壞了。

看到這個情況，左牧的心裡突然浮現不祥的預感，接著身旁的三人默契地同時舉槍對準走廊盡頭。

左牧被他們嚇到，轉頭一看，沒想到竟然見到邱珩少踏著慵懶的步伐，絲毫不畏懼指著他的槍口，悠悠地走向他們。

「邱珩少……你怎麼在這裡？」

邱珩少沒有戴著防毒面具，彷彿早就知道毒氣已經散去了。

他眼袋上的黑眼圈似乎比平常還要深，不過，從那副安然無恙、白色長袍連一點灰塵或鮮血都沒沾染上的情況來看，主辦單位發動突襲的那一夜，他肯定過得比任何人都還要輕鬆。

他似乎早就料到左牧會來發電廠，一副等候已久的模樣。

「真慢。」他大步走向左牧，卻被羅本和兔子擋住，說什麼也不讓他貿然靠近自己的玩家。

邱珩少無視他們，冰冷的眼眸先是掃過高仁傑，接著才停留在左牧身上。

「你怎麼還戴著防毒面具？明明是你把毒氣關掉的不是嗎？」

左牧緊張地嚥下口水，這男人究竟從什麼時候開始旁觀他們的行動？

接著，他看見邱珩少示意他把防毒面具拿下來，左牧照做了。

「為什麼你會知道？」

「我知道的事情可比你多多了，不像你整個晚上忙東忙西，把自己累得半死。」邱珩少雙手環胸，嘴巴還是如往常般充滿挑釁意味。

「你知道這裡發生了什麼嗎？」左牧開口詢問。

「黃耀雪為了不讓發電廠被破壞，以自己和罪犯們作為誘餌，把敵人引走了。」

「你知道得還真清楚。」

「因為我看著他這麼做的。」

「什——那你怎麼沒阻止！」

「他的決定很正確，我為什麼要阻止？發電廠要是被攻擊，整座島的設施全部都會癱瘓，到時後這裡就會一秒回到石器時代。」

邱珩少冷漠的態度讓左牧很不高興，卻也沒辦法反駁他的話。

但，黃耀雪主動成為誘餌的行為，很明顯面對的敵人並不是雇傭兵，那樣的話，就是守墓人了。

又是因為他的大意釀的禍！他當時就不該多此一舉！

「不過黃耀雪很聰明，他知道就算離開也不能讓主辦單位的人霸占控制室，所以就把門破壞，連通風口也被封死，這樣誰都進不去。」

「……沒有人操控的控制室，能夠維持多久的運作？」

「誰知道呢。」邱珩少的雙手插入口袋，態度相當輕鬆，似乎不認為這件事會造成什麼困擾，「總之我只是來看看這裡的狀況，沒其他事的話，我先走了。」

自顧自地說完後，邱珩少便轉過身去。

羅本和兔子當然不可能就這樣讓他離開，但是左牧張開手臂把兩人攔下來。

在走廊的盡頭，他看見邱珩少的面具型罪犯正目不轉睛地盯著他們的行動。

如果他們出手的話，就會變成不必要的鬥爭，他不希望變成這樣。

「我們之間還是合作關係的吧？邱珩少。」

「合作？」邱珩少回過頭，「那是之前，現在情況不同了。比起和你們一起玩什麼友情遊戲，活著離開還比較實際。」

從邱珩少的話中，左牧感覺得出對方心裡已經有計畫了。

於是他大膽猜測，對著邱珩少說：「你不是說喜歡留在這裡嗎？現在卻想離開？」

「要是整座島都變了調，那麼我也沒辦法安心研究了。雖然捨不得這些方便的白老鼠，但我可不想浪費時間在沒辦法繼續研究的地方。」

「聽起來你似乎已經計畫好退路了。」

邱珩少瞇起眼，「你想說什麼？」

「我來猜猜看，你是想調查這些雇傭兵來到島上的交通工具，利用它來離開？」

邱珩少沒說話，只是靜靜地看著左牧，但左牧知道自己說中了，否則邱珩少不可能變得這麼安靜。

「……看來你知道的情報比我多。」

「那麼要改變想法嗎？再和我維持一段時間的『友情』如何？」

這句話聽起來帶了點脅持意味，邱珩少不是很喜歡，煩躁的感覺讓他的眉頭緊皺在一起。

「你這是在威脅我？」

「只是合情合理的『利益交換』。」

「利益交換嗎……呵，說得真好聽，人與人之間只有利用，就像你當初拉攏我對付主辦單位一樣。」

「我不否認，但我認為你不會吃虧。」

「自說自話。」

「你可以試試，還是說我在你心中只是個沒信用的男人？」

邱珩少第二次沉默。

這座島上大概也只有左牧能夠把他逼到無言以對，每次和這個人交談，都讓邱珩少覺得兩人既相似，卻又有種違和感。

他不知道該怎麼形容這種複雜的情緒，而事實是，他不曾懷疑過左牧。

也許，是因為左牧的眼神遠比其他玩家更加堅定，就算被虐待、挑釁、陷害、追殺，永遠都不會讓那雙眼眸中的希望之火熄滅。

這種執著的性格，有點令人羨慕。

「我先從你給的情報來判斷是不是要再和你合作。」邱珩少退了一萬步給出承諾，但界定方式卻非常模糊，光聽就知道百分之百會吃虧，正常來說不會同意。

左牧不傻，當然知道邱珩少是在打保險牌，便說道：「我知道那些傢伙是怎麼登島的，也知道交通工具在哪。」

他的回答相當狡猾，就是故意要勾起邱珩少的興趣，而他做到了。

邱珩少的眼神從不屑一顧轉為厲光一閃，完全被吸引住了。

有那麼一瞬間，他懷疑左牧手裡的情報是假的，但這個想法很快就被自己駁回。

左牧不是騙子，至少和他所認識的那條狡詐「毒蛇」不同。而且左牧也很清楚，如果被他知道一切都是謊言的話，會有什麼樣的後果。

他不是那種仗著兔子的保護，就隨隨便便進行危險交易的笨蛋。

「你要我做什麼？」邱珩少不打算浪費時間，直接切入重點。

對他來說，在這裡多待一秒都不划算，而且現在他也有點因為夢想中的研究天堂被徹底摧毀而感到煩躁。

「我需要徐永飛的技術，還有讓所有玩家一起活著離開。現在事情演變到這個地步，存活的玩家都可以成為推翻主辦單位的證人。」

證據加上人證，這樣一來無論是呂國彥的死、或是這座毫無人性的遊戲場，都能獲得制裁，徹底結束這一切。雖然這和他原先預期的結果有點不同，但整體來說，正義最終都能獲得伸張。

「你是覺得其他人都會乖乖幫你的忙？」

「我相信比起個人意願，他們更想要『活下去』。」

「……看來不只是個性，你連想法都這麼愚蠢。」

左牧笑著問：「你會幫我的，對吧？」

原本緊張的氣氛，在左牧說出這句話之後，突然有些輕鬆起來。

邱珩少緊繃的臉龐變得更加疲倦，但是，他並沒有否認。

「我大概能猜到你想要徐永飛做什麼，那傢伙現在正在幫我做事。」

「你果然是藉著治療他的理由把人拉攏過去。」

「對於有能力的人，我從不吝嗇。」

「所以在你的判斷下，我也是屬於那一類的人嗎？」

「……想幫黃耀雪，就結束這個無聊的話題吧。跟我來。」

邱珩少將頭轉回，慢慢走回自己的面具型罪犯身邊，並和他們一起消失在轉角。

左牧理所當然地向前邁步，卻被羅本拉住。

「喂，你真的不要命了嗎？」

「雖然不想承認，但我覺得羅本說得沒錯。邱珩少不是你駕馭得了的男人。」

不只羅本，就連高仁傑也真心地出言勸阻，但左牧沒有把兩人的好意聽進去。

「現在不是糾結小問題的時候，徐永飛在他手上，就算我們想離開，也還是得先拿到消磁的辦法。」

「你就不擔心那個男人反咬你一口？」

羅本很清楚邱珩少的個性，他擔心左牧會因此陷入危險。

「比起在外面到處亂跑的守墓人，邱珩少看起來可愛多了。」

「我不太明白你對『可愛』這個詞的定義。」

「總而言之，你要是相信我，就不用去操無謂的心。」

左牧用力抽回手，領著兔子加快腳步追上邱珩少。

羅本也只能搖頭嘆氣，而站在他身邊的高仁傑則悠悠地道出結論：「你越來越像那個人的媽媽了。」

「……給我住嘴。」

來到發電廠外面的時候，邱珩少和他的手下們已經到了。

從人數來看，只有兩個小隊左右，加起來不到十人。陪著邱珩少的則是他之前見過的白色笑臉面具，以及有許多刀痕的面具型罪犯。

這兩人一見到兔子出現，就立刻散發出殺意，濃烈到連左牧都能感覺到，兔子也用同樣的壓迫感回敬。

一瞬間就好像看到野生動物對峙的凝視畫面，只不過對面兩隻是肉食動物，而他身旁這個則是圓滾滾的白色小兔子。

「這是黃耀雪目前的位置。」

邱珩少把平板遞給左牧，左牧看著上面顯示的地圖以及閃爍的紅點，皺緊眉頭。

這是追蹤器，看來他就是靠這個知道自己的位置，但問題是，邱珩少為什麼有辦法追蹤玩家？

邱珩少看出他心裡的疑惑，便說：「晶片。」

不出所料，左牧果然露出驚訝的表情，讓邱珩少相當滿意。

「我讓徐永飛設計一套程式，能夠追蹤玩家手表內的晶片，這樣我就能隨時知道你們幾個人的行動和位置。而且那東西和植入罪犯們體內的晶片相同，也就是說，只要我想，沒有人能在我面前隱藏起來。」

「這就是你把他留在身邊的原因？」

「呵，畢竟他做得很好，對我有很大的幫助，我當然不會虧待他。」

先不論邱珩少這種想要掌控全局的變態想法，他讓徐永飛設計的系統，意外地在這種時候派上用場。

雖然沒辦法直接取得聯絡，但至少，他能夠確認島上還有多少人活著。

「追蹤範圍能覆蓋全島嗎？」

「可以。」

既然邱珩少主動把東西交給他，就表示他也可以自由使用，所以左牧便不客氣地直接把正一和博廣和的位置找出來。

正一的位置就在那間安全屋附近，看樣子應該是去和關止然會合；至於博廣和，不知道為什麼他的移動速度飛快，完全不像在走路或奔跑。

「博廣和到底在搞什麼？」

「那個速度應該是有交通工具。」

「這座島上只有中央大樓有轎車吧，難道說是之前遊戲的獎勵品？」左牧摸著下巴認真思考，沒過幾秒，他就抛開這些膚淺的猜測，「……是那些雇傭兵使用的車嗎？」

說起來，雇傭兵會合以及移動的時間都有些短，沒有交通工具是絕對辦不到的，而且如此多的裝備和儀器，不可能用人力搬運。

邱珩少開口解答：「在安全系統關閉前，有軍用直升機靠近這座島，從空中抛了一些東西下來。」

「你知道得真清楚。」

「因為我昨天晚上並沒有待在『巢』，所以才會知道。」邱珩少把平板從左牧的手裡抽出來，交給自己的手下，接著又勾勾手指示意他跟上來。

雖然他的態度看起來很像在叫寵物，但左牧還是乖乖跟過去。

撥開樹叢後，他看見一排軍用吉普車停在那，很顯然，邱珩少這段時間就是靠它們在島內移動。

眼前的車輛讓左牧更加確信自己的猜測，說真的，兩條腿的移動速度根本和車子無法比。

「這臺給你。」邱珩少扔了一把車鑰匙給左牧，「別跟我說你不會開。」

左牧確實沒有開過這種軍用吉普車，不過基本操控他還是會的，但手中的鑰匙都還沒摸熱，就又被從身後靠近的羅本拿走。

「不用擔心，我會開。」

邱珩少瞇眼盯著羅本，並沒有反對，轉身爬上其中一輛吉普車。

四人上了車，由邱珩少的人在前頭帶路，往黃耀雪的所在位置前進。

終於可以稍微解放雙腿的左牧相當開心，有車搭真的差很多。

「你開車有夠不穩。」

「這裡可是荒郊野地，最好是能穩穩開。」

高仁傑悠閒到還有時間調侃羅本，羅本也沒給他好臉色看。兩個人一路上雖然有些小口角，不過雙方都不是太認真。

兔子靠在左牧的肩膀上小歇，左牧則是仔細觀察這座島的變化。

因為有守墓人這種變態怪物登場，樹林變得非常凌亂，到處都能看見被摧殘的景象以及屍體。

有些屍體已經看不清楚原狀，有些則是被攔腰砍斷，比較完整的通常都是中槍死亡。

哪些是守墓人殺的，哪些是雇傭兵殺的，一目了然。

「沒有辦法可以對付守墓人嗎？那種怪物搞不好就連榴彈槍都殺不死。」

「硫酸彈的話可以。」回答左牧的，是負責開車的羅本。

曾經待在邱珩少陣營的他，很清楚那個男人為什麼會一副從容不迫的樣子，因為他手上有許多可以應付各種敵人的裝備。

除了基礎的軍用槍械之外，還有具攻擊性的化學武器，而他剛才提的，就是邱珩少的強力武器之一。

「沒想到邱珩少竟然還有那種武器，但如果是他的話，總覺得不意外。」

「我同意。」

硫酸彈確實很適合攻擊守墓人，畢竟他們面對的是身體經過改造的精神病患，就算硫酸殺不死，也能夠在一定程度上限制行動。

畢竟，再怎麼說那都還是血肉之軀，並不是鋼鐵。

一路顛坡到讓人想吐，但他們只花了十分鐘左右就衝到了黃耀雪的所在地。

左牧遠遠就看到狼狽奔逃的黃耀雪以及他手下的罪犯們，人數明顯比他之前看到的少了一大半，而剩下來的人也一副快到極限的樣子。

邱珩少的手下從車上站起身，駕駛慢慢靠近追趕在黃耀雪等人身後的守墓人。

因為目標只有兩個，所以四臺車上各準備一把榴彈槍，對準守墓人的身體。守墓人對獵物非常執著，只會追殺眼前看到的生物，因此並沒有防範左右兩側的軍用車。

這讓攻擊變得非常簡單，自然也沒有射歪的可能性。

數發裝著硫酸的榴彈打在守墓人的身上，身體立刻開始冒煙、融化，可是他們彷彿感覺不到痛苦，至死都還在拚命追趕黃耀雪等人。

直到硫酸腐蝕到能夠看見白色的骨頭，他們才終於放慢速度，最後雙雙倒地，緩緩被自己融化的血肉包圍。

那是十分可怕的景象，除了硫酸侵蝕的嘶嘶聲，左牧還能聽見從他們的喉嚨深處發出的沙啞怒吼，但很快就徹底安靜下來。

解決守墓人之後，軍用車也在黃耀雪等人的前面停下，此時的黃耀雪已經累到快喘不過氣了，四肢全是擦挫傷。

「你……你們怎麼會知道我在這……」

「閉嘴，上車。」邱珩少甚至沒有給左牧說話的機會，開口就是粗魯的命令。

黃耀雪被拉上邱珩少坐的那臺軍用車，他的搭檔見狀立刻跟著跳上去，而其他罪犯則是搭最後面的軍用貨車，一群人把車塞得滿滿的。

他們一行車隊浩浩蕩蕩開在大路上，周圍沒有任何遮蔽物，不過在這種情況下也不用擔心會被雇傭兵發現，畢竟他們都自顧不暇了。

左牧原先以為車隊會先去某個安全的地方，等到和其他人會合後再一起行動，沒想到卻不斷往前開，似乎沒有停下來的打算。

他不知道邱珩少要去哪，直到發現邱珩少那臺車突然放慢速度，來到他們旁邊並行。

「小牧！」黃耀雪看見左牧，緊張的表情終於放鬆，展露笑容，「太好了，你沒事……」

「現在放心還太早了，我們要去找其他人，一起離開這座島。」

左牧沒時間寒暄，簡潔地將目前的情況告訴黃耀雪。

黃耀雪雖然對於左牧知道潛水艇的停泊地點感到困惑，但並沒有多問，因為他百分之百信任左牧說的每一句話。

「一起行動太浪費時間了，我跟這傢伙去把那條毒蛇捉回來，你去找正一。」邱珩少插言道。

「才不是『這傢伙』！老子有名有姓！」

黃耀雪很不想跟邱珩少待在一起，可是就算他抗議，也沒辦法改變這兩人做出的決定。

左牧點點頭，由他去找正一也好，還可以順便把關止然帶走。

「記得帶上徐永飛。」

「當然。」

「人找齊後到我的『巢』會合。」

「……『那東西』在附近？」

「嗯。」

左牧已經趁坐車的空檔，從布魯那得知潛水艇的停泊位置。不僅如此，那還是對他和兔子來說相當熟悉的老地方。

「不過我還需要一臺軍用貨車，我們這臺已經載不下了。」

邱珩少沒有停車的打算，直接把雇傭兵的營地位置告訴他。

「那裡還有車可以用，看你是要先去搶車還是先去接人。」

說完，邱珩少便頭也不回地離開，將難題留給左牧自己思考。

很顯然，他完全不打算幫忙，這種只幫一半的態度讓左牧有點不爽，卻也拿他沒辦法。

「怎麼樣？要先去搶車嗎？」

「……布魯，以路徑來說你會怎麼建議？」

「是，我認為先取車再去接人比較順路。」

「那就這麼決定了，羅本。」

「知道了。」

羅本透過車上的GPS地圖定位，確認方向後踩足油門往前衝。

此時此刻，對他們來說任何一秒都相當寶貴，絕對不能浪費。

「還有件事情，左牧先生。」布魯的聲音聽起來有些不安，「因為這座島的發電廠需要手動操作，自動控制系統只會維持幾個小時的時間，在這之後會自動切斷島上的所有電源。」

「也就是說，我跟你的通訊也會斷掉？」

「是的，所以在那之前請千萬一定要登上潛艇。」

「就時間來看應該沒問題，只要別出什麼意外就好。」

「我會在這邊替你們祈禱的。」

祈禱嗎？左牧通常不信這類虛無飄渺的東西，但現在的他實在需要受幸運女神眷顧一回，因為在這之後的發展，已經不能靠判斷和計算來行動，而是需要運氣和危機應變的能力，以及——「活著離開這座島」的決心。

「但是，如果你順利登上潛水艇的話，就不用擔心這些問題了。」

「說起來，你確定在這段時間裡它不會被雇傭兵開走嗎？」

面對守墓人的無差別追殺，雇傭兵們肯定想逃離這座島。如果雇傭兵就這樣撤回潛水艇，那麼他們就會失去目前唯一能離開這座島的辦法。

「是的，所以要快。」布魯老實回答，「雖然我可以遠端操作系統幫忙拖延時間，但沒有辦法干擾太久。」

「結果到頭來，還是得和時間賽跑。」

從深夜開始就進入逃跑模式的左牧，真的很想好好休息。雖說在安全屋裡小睡了片刻，但並沒有補足體力。

相較之下，身為軍人的羅本和早就習慣這種生活的高仁傑、兔子，精神都比他還要好。同樣是男人，體力的差異讓他的尊嚴岌岌可危。

正當左牧陷入哀怨的思緒時，車子突然用力煞住，害他差點整個人從後座飛出擋風玻璃。幸好兔子反應很快，即時把他抓住。

「羅本！你在幹嘛？」

「……有點不妙。」

駕駛座上的羅本冷汗直冒，接著迅速倒車進入樹叢，立即熄火。

左牧被迫吃了不少樹葉，還被樹枝刺。

「呸呸呸！」

他把樹葉吐出來，話都還來不及說，就被兔子捂住嘴往下壓。羅本和高仁傑也同樣壓低身體，像是在躲避什麼。

沒多久，旁邊的小徑傳來急切的腳步聲以及匆忙的對話。

「那些不過是人！用不著害怕！」

「是！」

「包圍起來一口氣解決掉！」

是雇傭兵的聲音，而且距離他們很近，不知道是不是太急切的關係，他們並沒有注意到地上的車痕。

直到腳步聲漸漸遠離，四人才重新坐起身。

「我還以為雇傭兵都被守墓人殺了。」羅本嘆口氣，沒想到在這種情況下還會遇到敵人，畢竟一路上都沒看見這些傢伙的影子。

「我也沒想到。」左牧總算知道羅本為什麼要突然躲起來，狼狽地走下車。

他的頭髮裡全是樹葉，兔子好心地幫他一片片拿下來，高仁傑和羅本則是從車裡拿出幾把武器。

顯然接下來他們得靠雙腿移動了。

「距離基地的位置不遠了，我們分開行動比較有效率。」羅本邊說邊穿好裝備，「我會從高處來輔助你們，趁混亂的時候把車開走應該不是什麼困難的問題？」

左牧點頭同意，提醒另外兩人：「從剛才的對話聽起來，基地附近有守墓人，所以分開行動的時候要小心。」

高仁傑絕對沒什麼問題，但兔子的話，他倒是有點擔心。

話說回來……這隻兔子會開車嗎？

「取完車之後就直接到安全屋會合，分開行動的這段時間就用通訊器聯絡，布魯，麻煩你從旁支援。」

「交給我吧，左牧先生。」

「好，那麼開始行動吧。」

BEFORE THE END OF THE GAME

規則六：時間與存活率成正比

ゲームが終わる前に

左牧並不擅長像這樣的突擊行動，雖然以前曾有圍剿毒犯或是通緝犯的經驗，但是和現在的情況相比，簡直是小巫見大巫。

他們的目的是趁雇傭兵忙著對付守墓人時將車開走，盡可能不接觸敵人。話雖如此，基地裡的雇傭兵人數還是有不少。

基地周圍並沒有設拒馬或圍籬，很容易就能藉樹叢掩護，隱蔽地溜進去。因為是臨時建立的據點，所以基地是由鐵架簡單搭建的帳篷組成，數量大概七八個，占地不大，而車子就停在帳篷外。

為了載更多的人，他們以貨車為首要目標。不過貨車周圍都有雇傭兵駐守，不太可能直接過去開走。

除此之外，左牧還有個更棘手的問題。

「我不是都說了分開行動嗎？為什麼你會在這裡！」

左牧咬牙切齒地瞪向眼神無辜的兔子，才剛分開沒幾分鐘，兔子就迅速找到他，還跟著他一起躲在帳棚後面。

兔子的眼睛很明顯不是在看那些雇傭兵，直勾勾地盯著左牧，讓他欲哭無淚。

分開行動是為了提高效率，兔子這樣根本是在扯後腿！

「唉……算了，反正我也猜到你有可能會這樣。」

左思右想後，左牧最終還是放棄掙扎了。

「仔細聽好，我們要把大車開走，這邊這臺和右前方那臺的位置比較少人，應該能簡單拿下。」

兔子點點頭，表情雖然很認真，卻沒有移動腳步的意思。

左牧只好嚴格地下令：「去給我開車！兔子！」

話才剛說完，兔子似乎發現了什麼狀況，突然無預警地撲向左牧。

兩人的後腳剛離開原地，驟雨般的子彈便掃射過來，帳棚瞬間成為破破爛爛的碎布。

因為太過突然，兔子來不及調整撲倒的方向，就這樣毫無防備地出現在沒有遮蔽物的空地上。

留守的雇傭兵們迅速上前包圍，舉起槍口對準兩人。

可惜，兔子的速度比他們的手指還快，迅速橫抱起左牧往空中一躍，安然無恙地落在車頭上。

「那個人是玩家！快追！」

「不能讓他活著離開！」

有人注意到左牧的手表，立刻就把他和兔子列為頭號追殺目標。

左牧不悅地咋舌，他明明就躲得很好，為什麼會被發現？

兔子繼續抱著他閃避子彈攻擊，甚至跳到雇傭兵之中，抬腳踢飛槍口後，旋身用腳跟狠踹對方的下顎。

即使抱著重量不輕的左牧，兔子的行動依舊很靈敏，直接以兩條腿橫掃千軍。

像這樣近距離參與兔子的戰鬥，讓左牧覺得自己的存在感薄弱得可怕。話說回來，為什麼兔子的行動還能這麼敏捷俐落啊！

「兔……兔子！快把我放下來！」

左牧臉色鐵青地吶喊，他並不想用這種方式參與戰鬥！

而就在他話語剛落時，一臺貨車直接橫衝過來，把兩人面前的雇傭兵全數撞飛。

雖然有部分人順利逃開，卻因為視線受阻而無法開槍。

駕駛座上的高仁傑無奈地朝兩人說：「真是受不了你們。」

「哈、哈哈……謝謝，幫了大忙。」

「你們至少也得給我開一臺走！」

在高仁傑的催促下，左牧立刻爬上離自己最近的一臺貨車，兔子也迅速鑽入副駕駛座。

原本以為雇傭兵們回過神後會繼續開槍，但說也奇怪，他們竟然沒有人出手，就這樣眼睜睜看著他們把車開走。

此時，耳機裡傳來羅本的聲音。

「敵人沒有追擊的打算，也沒開槍，感覺不太對勁。」

聽見羅本說的話，左牧心中突然浮現不祥的預感，在離開基地一段距離後就轉頭遠離羅本的所在地，直到拉開安全距離後才停下。

高仁傑也同樣覺得奇怪，所以選擇跟在左牧後面。停下車之後，他們直接拉開貨車後面的布簾，這才終於明白為什麼那些人沒有選擇開槍阻止。

這兩臺貨車上裝有大量火藥，以數量來說，可以輕輕鬆鬆炸毀一棟建築物。

「看來他們原本想用這臺車，把玩家直接連同『巢』一起炸死，但是還沒有機會派上用場。」

怪不得車子的停放位置很分散，而且剛剛兔子跳到車子附近時，也沒有人朝他開槍。

「因為之前來不及使用，現在就打算拿來炸守墓人？」

高仁傑摸著下巴思考這個可能性，左牧也認同他的猜測。

「很有可能，畢竟那些人不可能什麼都不做，乖乖站著給守墓人殺。」

只不過，這樣一來這些貨車就很難再載人了。它們現在就等於移動式炸彈，而且也沒時間把火藥移下來。

「沒想到會發生這種意料之外的事。」

高仁傑嘆口氣，已經打算放棄這兩臺車，不過左牧卻不這麼想。

「就這樣繼續往安全屋的方向開過去。」左牧對高仁傑說完後，用通訊器告知羅本同樣的計畫。

當然，這兩人聽到左牧的話都驚訝不已。

開兩臺炸彈車去接人？這樣到底是想害人還是救人？

「安全屋離我的巢並沒有很遠，只要把人帶到那裡就可以了。」

「……你確定嗎？這麼做的風險很高，萬一車子在路上爆炸怎麼辦？」

「只要有百分之一的生還機率，那麼我就會選擇它，現在的狀況可沒有奢侈到能讓我們選擇絕對安全的方式。」

左牧表現出的堅定決心，加上時間的壓力，讓羅本和高仁傑不得不妥協，只能按照他的指示前往目的地。

三臺車很快就在荒涼的小木屋外會合。他們的車一出現，那些駐守在小木屋外的罪犯立刻舉起槍準備攻擊。

然而，率領這群人的梟看到了蹲在車頭上的白色身影，迅速下令：「別開槍！」

雖然開過來的車子是雇傭兵的軍用車，不過，他可不會認錯那個男人。是兔子，也就是說，開車的人是左牧和他的同伙。

沒想到那對搭檔會跑來這間小木屋，他們是怎麼知道這個地方的？

車子停妥後，左牧立刻下車，梟也跨出人群上前迎接。

「只有這點人？」

存活下來的人數比預料的還少，這讓左牧有些意外。

雖然不確定正一「巢」中的罪犯人數，但肯定比在場的數量多很多。

梟不悅地咋舌，並不想回答，反而提出新的疑問：「你來做什麼？」

「當然是來幫忙的。」左牧的拇指往後一比，「這樣還看不出來？」

梟不是笨蛋，當然知道左牧的用意，不過他想知道的是，為什麼左牧會提供協助，明明正一已經拒絕和他們合作了。

「我憑什麼相信你？」

「都什麼時候了，你還把我當敵人？」

「現在這個狀況誰都不能信。」

「唉……虧我還拚死命關閉毒氣，結果換來這麼冷血的對待，真令人心寒。」

「……原來毒氣突然消失，是你搞的鬼？」

梟不敢置信。就憑他們這幾人，居然有辦法逃離雇傭兵和守墓人的追殺，甚至潛入中央大樓關閉島上施放的毒氣？

左牧這傢伙，根本不是人吧！

梟小心地觀察跟隨左牧的人，發現除了羅本和兔子之外，還多了一個陌生男人。

左牧是在什麼時候增加自己的罪犯人數的？而且還是面具型？

「我沒時間跟你廢話，正一在哪？」

梟回過神，遲疑幾秒後，還是選擇乖乖回答：「在裡面，很安全。」

「你們從『巢』逃出來應該也費了不少力氣和人力吧。」

「是啊，但大家都是心甘情願為正一獻出生命。對我們來說，只要他能安全就好。」

「越聽越像什麼詭異的宗教團體啊你們。」

「再怎樣都比你們這些不像人類的傢伙好。」

兩人的對話不太友好，而緩解這種氣氛的，是從木屋裡走出來的正一。

他一看見左牧就鬆了口氣，似乎已經從關止然那裡得知事情經過，當然也知道左牧幫助關止然的事。

雖然他沒有選擇和左牧站在同一陣線，但左牧還是老樣子，是個心腸軟的老好人。他不只不求回報地幫助身為陌生人的關止然，還把他平安送到這裡。

這讓正一對左牧有些愧疚，畢竟打從一開始他就一直在接受對方的幫助，卻始終沒有完全信任左牧的決定和選擇。

或許是出自於妒忌吧，因為左牧奪走了自己想納入陣營的兔子，所以他雖然嘴巴上沒有承認，心裡卻一直不太平衡。

「……你是特地回來找我們的？」

「這不是理所當然的嗎？我不會拋下你們。」左牧沒有半點猶豫，果斷地回答。

雖然還處於沒辦法完全放鬆的緊張氣氛，正一卻忍不住笑出聲。

梟無奈地抓抓頭髮，看樣子正一不打算拒絕左牧提供的協助。

「你該不會有辦法離開這座島？」

「嗯，我確實有。」

「果然……你真的是個充滿驚喜的男人，和這座島完全不搭。」正一嘴上雖然這樣說，下一秒卻迅速轉身，朝自己人下令：「全部上車！梟，去把關止然帶過來，準備走人了。」

左牧鬆了口氣，正一願意接受他的幫忙是好事，看來關止然大概有幫忙美言幾句。或者是在沒有希望的前提下，只剩下他提供的這條路，所以正一才選擇接受。

不管怎樣，至少事情還算順利，接下來只要和其他人會合就好——

「左牧先生，有三組人正往小木屋的方向過去，好像是剛才那座營地的雇傭兵。」

左牧皺了一下眉頭。

大意了，原來雇傭兵當時沒有追殺過來的原因並不是車內的炸藥，而是想要跟蹤他們找到其他玩家。

「羅本，把你的對講機給梟。」

左牧迅速做出決定，並且和正一坦白：「你們跟著對講機裡的指示去和其他人會合。」

正一愣了愣。對講機裡的人？是誰？

「現在沒時間猶豫和懷疑了，如果你相信我，就聽我的。」

左牧迅速說服正一，接著對布魯說：「你先指揮其他人到潛水艇那裡去做準備，我先把追兵引開後再去會合。」

「什……左牧先生，這樣太危險了！而且也沒有時間……」

布魯當然立即拒絕，畢竟他想協助的人是左牧，如果左牧有個萬一，他要怎麼跟雇主交待？

但左牧的心意已決，就算布魯說破嘴也沒辦法改變他的想法。

「沒時間了。」左牧使眼色，讓另外三個人跟著上車，將兩臺貨車留給他們，「車上雖然有炸藥，但路程不長，也沒什麼能挑剔的了，只要能到指定地點就好。」

「我明白。」正一對自己人下令：「照左牧說的做，快！」

包括梟在內，所有人開始行動。

正一的新搭檔也從安全屋裡抱出關止然，看著他那小心翼翼的態度，左牧知道自己的直覺沒錯，那個人確實是關止然的搭檔。

雖然他曾想過如果沒有遊戲的限制，罪犯們還會不會效忠玩家，如今看來，這根本就不用懷疑。

他們對玩家的執著與信任，已經和項圈、遊戲內容沒有任何關係，是發自內心最真誠的依賴。

「上車。」

左牧一聲令下，兔子三人迅速跳上吉普車。

車上只有簡單的裝備，要對付三組雇傭兵可能有點困難，不過拖延時間倒是沒什麼問題。

將車掉頭往回開後，高仁傑問道：「你有什麼計畫？」

「沒有。」

左牧的迅速回答，讓羅本笑了出來。

「你應該沒有讓我們去送死的打算吧？」

「當然不會。如果我們死了，主辦單位可就稱心如意了，這是我最不想看到的結果。」

左牧很清楚主辦單位的首要目的是取他的命，所以雇傭兵才會在他出現後，拋開原本要對付守墓人的念頭，轉而將矛頭指向自己。

都這種時候了，還想著要完成「命令」。

這，就是軍人。

「左牧先生，前面三點鐘方向，約五分鐘左右會碰上。」

布魯出聲提醒，左牧也立刻把注意力拉回來。

「雖然不是很願意殺人，但沒時間對敵人仁慈了，盡全力把他們解決掉。」

這是左牧親口下達的指令，兔子當然很開心，這樣他就沒有顧慮了。高仁傑和羅本也覺得這樣攻擊起來輕鬆很多。

然而，沒人注意到在高速行駛的車子左側，有道黑色的影子正朝他們飛奔過來。

在距離拉到最近的瞬間，左牧從眼角的餘光注意到那抹身影，下意識轉過頭。

一雙布滿血絲的眼睛，和他四目相交。

從那雙眼眸中滲出的駭人氣息，讓左牧一瞬間忘記呼吸，甚至沒有留意到對方已經伸出雙手，把他視為目標。

眨眼間，烈風般的巨大影子將後座的左牧撲出車外，由於力道過大加上事發突然，車子不穩地原地打滑，羅本好不容易才抓穩方向盤，緊急剎住車。

車頭前蹲著一個衣服破爛的高大男人，手裡還拿著一柄巨錘。是守墓人。

羅本和高仁傑迅速起身掏槍，這時一道白色的身影從揚起的塵埃中一躍而出，與守墓人拉開距離。

是兔子。他不知道什麼時候發現了守墓人的蹤跡，在對方撲過來的瞬間先一步搶下左牧，牢牢將人護在懷中。

左牧整個人傻住了，這種非人速度，可不是普通人能反應過來的。

「左牧！沒事吧！」羅本高聲大喊。雖然他看到左牧窩在兔子的懷裡，但不確定他有沒有受傷。

羅本的聲音讓左牧回過神，可是還來不及回答，巨錘已經狠狠砸過來。

兔子用靈活的腳步閃避攻擊，守墓人看起來雖然笨重但速度奇快，不過兔子更勝一籌。

他似乎有意把守墓人引開，就這樣丟下羅本和高仁傑，鑽入附近的樹林。

羅本原本打算追過去，卻被高仁傑攔住。

「你幹什麼！」

「別衝動。」

高仁傑示意他冷靜，接著兩人就聽見車子的聲音從周圍迅速包圍過來。

車子上的雇傭兵們將槍口對準他們，只要稍有動作，就會立刻被打成蜂窩。

羅本不快地咋舌，但面對這樣的情況，也只能暫時放棄。

「玩家呢？」

「好像不在車上。」

「去找！應該在附近！」

羅本和高仁傑仔細聽這些人的對話，其中一臺吉普車迅速駛離，似乎是去追左牧他們了。

剩下的兩臺車上，包括司機總共有八名雇傭兵，光憑他們兩人大概無法突圍。

就在他們思考該在什麼時機出手的時候，突然有人從樹林內往這邊連開好幾槍。

這個突擊成功引開了雇傭兵的注意力，高仁傑和羅本默契地從兩側跳下車，以最快的速度拔槍朝左右兩臺車開火。

雖然不知道從樹林裡開槍的人是誰，但確實為他們製造出空檔。

雇傭兵們迅速散開，同時回擊窩藏在樹林裡的敵人，羅本趁機衝出包圍、身手俐落地爬上樹，高仁傑則是躲進車底。

情況緊急，他們身上的子彈不多，可是還能勉強對付這八人。會這麼肯定，是因為羅本很清楚高仁傑的實力。

兩人完全沒有交談，也沒有暗號。

很快的，來自樹林的掩護攻擊停了下來，兩名雇傭兵進入查看，其他人則是在後面掩護，還有兩個負責尋找羅本以及高仁傑。

安靜無聲的瞬間，一聲槍響直接貫穿其中一個負責找人的雇傭兵的腦袋，而另外一人也幾乎在同時被鑽出車底的高仁傑從背後架住脖子，直接扭斷。

因為狙擊槍的聲音，剩下的人迅速貼緊車身，不讓對方有機會瞄準，但是這樣反而讓高仁傑更方便出手。

他大剌剌地出現在兩名雇傭兵面前，對方才剛舉起衝鋒槍，就被他單手壓住槍管。但高仁傑沒有接著出手，而是稍微將頭往旁邊一偏。

從正後方飛來的狙擊子彈，不偏不倚地貫穿對方的左眼，接著高仁傑反手握住衝鋒槍的扳機，近距離射擊另一名雇傭兵。

短短幾秒，兩人無言的默契簡單就收拾掉了訓練有素的雇傭兵。

剩下的兩名雇傭兵直接朝高仁傑開槍，連同自己死去的伙伴一起瘋狂掃射。

高仁傑直接抓住左眼被貫穿的雇傭兵屍體，當作盾牌擋下所有子彈。

就算是連射型的武器，也還是有打完子彈的空窗期，而他就是在等這一個瞬間。

在對方攻勢一頓的瞬間，高仁傑直接衝上去，鑽入距離最近的雇傭兵懷中，抽出綁在右腿上的軍刀，朝防具的空隙狠狠插下去。

另外一名雇傭兵拋下衝鋒槍，抽出手槍繼續射擊，反應雖快，可惜這也在高仁傑的預料之內。

他抓住身前的雇傭兵一轉身，利用慣性頂著第二個人肉盾牌撲上前，在撞上另一名雇傭兵的瞬間拔出軍刀，直接劃過對方的頸部。

隨著兩人倒地，樹林那邊的雇傭兵看見自己的同伴這麼輕易就被解決掉，選擇轉身深入樹林。

他們不是想逃跑，而是打算利用樹幹做為掩護，可惜沒能成功。

遠距離的狙擊槍子彈，打穿了其中一人的防彈背心，在間隔五秒左右的冷卻時間之後，另外一人的腦袋也被擊中。

雖然高仁傑只聽得見樹林傳來兩聲槍響，但他的態度悠哉，完全不擔心羅本的射擊會失誤。

解決完追兵的羅本走出樹林，暫時鬆了口氣。

「剛才那是怎麼回事？」

「你是指守墓人的出現，還是掩護我們的人？」

「兩個都是。」

「我能回答第二個問題。」

正當兩人在討論的時候，一臺無人機緩緩從天空降下來。上面裝載著小型槍砲，另外還有溝通用的擴音器。

「基地裡有這個玩具，我就拿來用了。竄改無人機的操控系統對我來說輕而易舉，原本是想盡可能增加更多眼睛來幫助你們，沒想到會在這裡派上用場。」

布魯原先打算利用無人機來監控自己看不到的位置，結果竟然還能兼做掩護，成為了意外之喜。

「原來是你。不得不承認，你幫了個大忙。」

羅本嘆口氣，但還不能完全放心。他們得盡快趕過去左牧和兔子那邊幫忙。就算有兔子，在這種情況下分開行動也絕對不是什麼好事，更何況追著他們的不只雇傭兵，還有最棘手的守墓人。

「不用客氣。」

「你知道左牧的位置嗎？」

「知道，但在這之前你們有必須先知道的情報。」

布魯輕鬆的口吻突然嚴肅起來，感覺不會是什麼好消息。

「說吧。」

「雇傭兵們似乎收到了通報，正從四面八方接近這裡，至少有二、三十人。」

羅本皺緊眉頭。

「就算是剛收到通報趕來支援，也不可能一口氣聚集這麼多人吧，這是怎麼回事？」

「你猜得沒錯，那些人似乎早就埋伏在左牧先生的『巢』附近，我也是剛剛才發現。」布魯的聲音聽起來很懊惱，「我這邊的情報系統被隱匿了，也就是說，主辦單位很可能已經察覺到有人在暗中協助你們。」

「這樣的話，你的處境不是會變得很不妙？」

「是啊，但我目的不會有任何改變。在幫你們啟動潛水艇、離開這座島之前，我是不會離開的。」

布魯竟然願意為他們做到這個份上，這讓羅本對他的最後一絲懷疑徹底煙消雲散。

不過，他也開始擔心布魯的安危。

布魯的直覺很準，他猜到羅本在想什麼，於是便對他說：「請不必擔心，至少主辦單位不會殺了我，我對他們來說還有利用價值。」

「是這樣嗎？徐永飛可是直接被他們扔到島上等死。」

「徐永飛的事是我向上建議的，因為這樣他至少還有活下來的可能性。」

「……既然你都這麼說了，那麼我就不繼續堅持了。」

羅本跳上他們的車，高仁傑則是爬上另外一臺軍用吉普車。

「你在幹嘛？」羅本不懂他要做什麼，是想分頭行動嗎？

高仁傑回答：「分開來機動性比較高，更別說我們還要面對二三十個敵人。」

「但風險也更高，要是其中一個人被包圍的話，另外一個人很難支援。」

「那就想辦法不要讓自己陷入窘境吧。」

高仁傑輕笑，他踩下油門，頭也不回地開走了。而布魯操控的無人機則穩定地飛在他前方的不遠處。

羅本拿他沒辦法，只好乖乖開車跟在後面。

現在沒有迂迴繞路的時間，也不能把那麼多敵人帶到左牧他們那裡去，所以他們只能想辦法減少敵人的數量。

「左牧那傢伙……不會死吧？」

「我認為左牧先生沒那麼容易被殺死。」

羅本聽見聲音，抬眼看了一下天空。沒想到他的頭頂上竟然還有第二臺無人機，他還以為布魯只操控了一臺。

才剛這麼想，後方的天空傳來密集的嗡嗡聲，接著便出現大量的無人機，數量多到就像遷徙的候鳥群。

羅本不禁冒出冷汗。看來布魯不打算只當單純的輔助角色。

「你是什麼時候……」

「王牌要在緊要關頭時才能拿出來。」

「呵，王牌嗎，你打算用它們做什麼？」

「這些無人機都裝載著小型槍砲，可以主動攻擊，就算彈藥耗盡也能夠直接用機體衝撞的方式來造成傷害。」

「聽起來跟恐怖攻擊差不多。」

「是沒錯，但這是我目前唯一能夠拿來協助你們的武器。無人機的控制系統比較單純，很容易操作，而且數量也不比現在還活著的雇傭兵少。」

「總覺得認真問你這個問題的我很蠢。」

「怎麼會呢？在我看來，羅本先生才是令人敬佩的男人。」布魯自嘲道：「若是我在這座島上，肯定活不到一個小時。」

還有心情和他開玩笑，就表示布魯不怎麼在意自己可能會被主辦單位殺死這件事，也不擔心。

都有這種覺悟了，卻反過來說敬佩他？這樣的讚美羅本可承受不起。

「閒聊就到這吧。」

「同意。」

兩人在這點上取得共識，因為他們不能讓那些雇傭兵對左牧造成二次威脅。

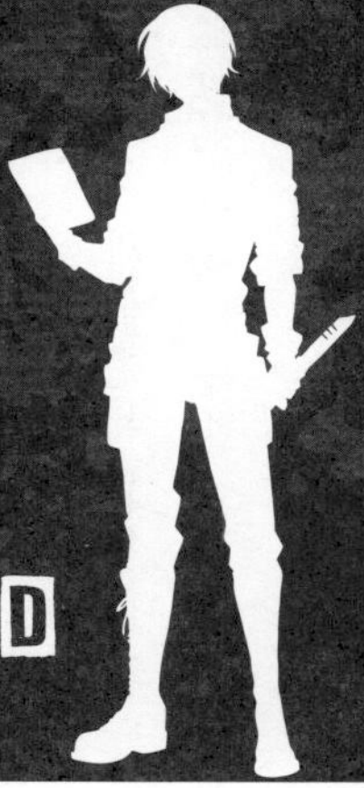

BEFORE THE END
OF THE GAME

規則七：回歸最初的起點

ゲ ー ム が 終 わ る 前 に

左牧被兔子抱在懷中，在樹枝間快速移動。

殺紅眼的守墓人在後方緊追不捨，他的目標只有一個——殲滅所有與他對上眼的「生物」。

此時，不只左牧，兔子也成為了他的攻擊目標。更可怕的是，那副笨重的身軀竟然能用和兔子同樣的速度移動，兩方的距離不但沒有增加，甚至還漸漸縮短。

再這樣下去，他們遲早會被追上。

兔子雖然沒有表現出來，可是考慮到他身上的新傷、更別說還帶著左牧，他是絕對跑不贏守墓人的。

和羅本、高仁傑分開雖然讓他有點擔心，不過如果是那兩個人，應該不會有什麼太大的問題。就算面對的是三組雇傭兵，也不見得會輸。

相較之下，他們這裡的情況就很尷尬。

先不說體力有限，光是逃跑也解決不了問題，他得想個辦法殺掉守墓人。

才剛開始思考計畫，兔子就察覺到守墓人後方的氣息，突然改變逃跑的路線，閃身藏在樹幹後方。

幾乎就在同時，連續射擊的子彈瞬間打在樹幹上。左牧這才意識到，後方的敵人不單單只有守墓人。

「沒想到還有雇傭兵……那些傢伙是不要命了嗎？竟然跟在守墓人後面追殺我們。」左牧喃喃自語，緊咬下唇。

眼前的難題不斷出現，要考慮的事情越來越多，他卻沒有一個好辦法。

原本他以為在路上會遇到其他罪犯，或是棘手的面具型，不過在他們逃亡、移動的這段時間，除了守墓人和雇傭兵之外誰都沒遇見，這讓左牧心中充滿疑慮。

這樣看來，原本生活在島上、沒有加入任何玩家陣營的罪犯們，不是死了就是躲起來了。

無論如何，從失去蹤影這點來看，那些罪犯並不想介入。

或許是知道主辦單位再怎樣也不可能炸毀整座島，所以對那些罪犯來說，躲起來應該是最佳選擇。

「兔子，得在對付守墓人之前得先解決掉雇傭兵，不然會很麻煩。」

兔子點點頭，看起來應該是贊同他的想法。接著兔子開始四處探望，似乎在尋找打破現況的地點和時機。

就在這時，兩人已經來到樹林邊緣，眼前便是廢棄大樓林立的破爛街道。

從四周留下的襲擊痕跡來看，這裡就是獵殺遊戲時左牧他們躲藏的廢棄大樓區域，這對他們來說十分有利。

「兔子！」

左牧大聲喊道，還沒下達指令，兔子就像是猜到了他在想什麼，帶著他直接鑽入之前的那棟大樓，瞬間消失在守墓人的視線內。

追到街道上的守墓人終於停下腳步，似乎因為失去了目標身影而暫停移動。

雖然看起來有些笨拙好笑，左牧卻沒有因此大意。

他很清楚守墓人有多可怕，一旦疏忽大意，他跟兔子的小命都將不保。

兔子帶著他爬到頂層，位置正好能清楚看見樹林以及附近的道路，除了能觀察守墓人的行動之外，還可以知道雇傭兵的位置。

守墓人雖然對付起來相當麻煩，不過有個很大的弱點，那就是失去目標之後會變得遲鈍。只要拉開距離、脫離視線範圍，就不會被繼續追逐。

這是他的經驗談，剛來島上的雇傭兵們應該不知道才對，可是追逐他們的那臺軍用車卻不偏不倚地停在剛剛好的位置，與守墓人保持著距離。

失去目標的守墓人，腳步相當緩慢。他先是抬起頭嗅了嗅空氣，接著慢慢地朝左邊離開。

可以的話，左牧很希望守墓人能就這樣回到樹林，遠離這裡，不過那傢伙卻慢慢走向其中一棟大樓，與他的願望相違。

「這下很難出手了，只要有一點動靜就會引來敵人，我可不想再被那種怪物追殺。」

左牧感到心累，每次都被守墓人當成目標，真的會累積不少心理壓力。如果要他在雇傭兵和守墓人之間做選擇，他絕對會毫不猶豫地選前者。

「沒想到我們竟然又回到了這個地方，到底是和這裡多有緣分？」

兔子瞇著眼，看起來像在打瞌睡，也不知道有沒有把左牧的抱怨聽進去。在這種情況下還能如此悠哉地睡覺，該說真不愧是訓練有素的殺人魔嗎？

左牧嘆口氣，蹲在頂樓邊緣觀察那些雇傭兵的行動。

「四個人……應該勉強還能應付，不知道羅本他們的狀況怎麼樣了。」

左牧很想聯絡羅本，但羅本的對講機給了梟，他和高仁傑之間又沒有聯繫方式，只能靠布魯來溝通。

可是，布魯從剛才就沒有反應，就算他呼叫也沒有回答，可能是遇上了什麼狀況，或者是正在忙。

總之，現在他暫時只能靠自己了，總不能老是依賴布魯。

「守墓人的位置在左邊大概五百公尺的地方，那些雇傭兵與守墓人保持著大約兩百公尺的距離進行搜索……也就是說，他們知道守墓人那樣是丟失目標的狀態。」

雇傭兵怎麼會這麼了解守墓人？

左牧一邊觀察一邊思索該怎麼行動，他的目光一直固定在其中一名軍人身上。

就算有段距離，看得不是很清楚，不過還是能以肢體語言分辨那群雇傭兵的關係和階級。很顯然，那個軍人是小隊長，其他三人都是配合他的指示行動。該不會，這個隊長已經觀察出守墓人的「習性」，所以才能保住自己人的小命活到現在？

——這也不是不可能，就像剛才在基地見到的狀況，這些軍人已經在短時間內找到了對付守墓人的辦法和能夠實施的計畫。

看樣子，雇傭兵們並不全是些蠢蛋啊。

「兔子，你看得見那四個人嗎？」

兔子點點頭。

「雖然直接把他們引到守墓人面前比較輕鬆，但那些傢伙應該沒那麼好騙。

以你來看，他們是屬於好對付還是不好對付？」

兔子先是一愣，接著苦惱地皺起眉頭。

似乎以他的觀點來看，沒有好不好對付的敵人，只有能不能殺死的目標。

而且他向來都是不經考慮便直接行動，到目前為止也還沒遇見殺不了的人，所以左牧的問題，他是真的想不出答案。

「沒事，你不用這麼認真想沒關係。」他摸摸下巴，站在兔子的角度考慮，「不過……也對，你都是靠直覺行動，讓你思考這個問題實在沒有什麼意義。」

左牧將視線下移，發現雇傭兵是四人一起行動，而且正漸漸往守墓人移動的反方向前進。

照他們的路線，應該能和守墓人拉開足夠的距離，如果戰鬥也比較不容易引起注意，這對左牧來說是好事。

「兔子，移動到右邊的第三棟建築。」左牧勾起嘴角，信誓旦旦地說：「我們就在那裡把他們解決掉。」

兔子按照左牧的要求，跳到那棟微微傾斜的大樓樓頂。

這棟只有三層樓的建築，比周圍的大樓矮上一截，並不是個偷襲或觀察的最佳地點。

可是，左牧會特地選擇這裡，絕對不是心血來潮。

他重新檢查自己的兩把手槍。手槍打出的子彈沒辦法貫穿防彈背心，但無所謂，反正那些人也不是全身上下都防彈。

在他預估的敵方前進路線上，那四名雇傭兵會經過這裡，於是他簡單地向兔子說明自己的計畫。雖然沒辦法規畫得鉅細靡遺，但只要能完成七八成就差不多了。

一分多鐘後，四名雇傭兵的身影出現在路上。他們貼著建築行走，角度其實選得還不錯，都是很難從高處襲擊的位置。

左牧先是故意在顯眼的位置偷偷露出身體，很快就被其中一名雇傭兵發現。

他迅速藏進窗戶底下，由於他是待在二樓，加上周圍十分安靜，所以可以憑腳步聲來判斷敵人的位置。

和輕裝的他們不同，雇傭兵的裝備十分沉重，腳步聲也有很大的差異。

兔子靠在牆邊，隱藏在角落的陰影處，並且向左牧舉起三根手指。

——只來了三人，這表示有一人是狙擊手。

這些雇傭兵並沒有因為急於殺死他們而全員衝上來，看樣子他們的隊長不蠢，比之前遇到的那些雇傭兵聰明很多。

左牧的位置能夠看見樓梯口，所以他知道那三個人一起走上樓梯，打算先從發現他的窗口開始調查。

左牧沒有換位置，他靜靜地站在走廊底端的房間，雙手插入口袋，面帶笑容迎接這三名雇傭兵。

似乎是沒料到左牧竟然不躲不藏地等人上門，三名雇傭兵愣了愣，但同時也更加警戒。

「你的搭檔呢？」

左右兩邊的雇傭兵將槍口對準左牧，站在中間的男人則是放下了槍，向左牧搭話。

左牧笑彎雙眸，態度一點都不像正處於劣勢，十分輕鬆地回答：「你說呢？」

看樣子他不打算正面回答。

男人皺緊眉頭，但沒有下令開槍，「你當我傻嗎？」

「看樣子多少還有點軍人的骨氣啊，不會隨便射殺手無寸鐵的人。」

「這句話我原封不動地還給你。像你這種參加遊戲的變態玩家，不可能毫無計畫就這樣出現在敵人面前。」

一切都在左牧的預料之中。

像這種遇事習慣先用腦袋的人，會因為出乎意料的狀況而提高警覺，左牧自己也是如此。

但現在他是真的什麼都沒準備，只是憑藉自己對敵人的觀察和猜測且戰且走。

「你們現在光是對付守墓人就已經忙不過來了吧？還要對玩家出手？是想更快消耗你們的人數嗎？」

「嘖……都怪這座奇怪的島。」

男人的表情變得相當不耐煩，這也在左牧的預料之中。

果然，因為雇傭兵不知道守墓人是他失誤放出來的，所以可能會以為是主辦單位想連同他們一起滅口，才會安排這樣的突襲計畫。

人在面對生死關頭時，首先考慮的就是保命。忠義、命令、榮耀什麼的，都沒有自己的命來得重要。

「只要把你殺了再回報，就能夠結束這一切。」

「你真的這樣認為？」左牧故意搔頭嘆氣，擺出一副無奈的表情，「放任那種怪物在島上進行無差別攻擊的組織，你覺得他們會有那種良心？」

「……你是在暗示什麼？」

「我也不是自願來這裡的，說穿了，要不是這樣，是誰會想來這種鬼地方？」

「你的事和我沒關係，我只是來完成任務的。」

「即使自己的人一個個死掉也要達成的任務，真有那麼值得？」

面對左牧的反問，隊長有那麼一瞬間產生遲疑，但很快就恢復了理智。

「玩家」都是狡猾的投機取巧者，他可不認為像左牧這種只靠三人就成功逃過襲擊的隊伍能夠信任。

左牧見對方的表情從原本的緊張到慢慢平復，就知道自己沒有成功說服對方。

順利的話，還可以和這些傢伙借些裝備來用用，但現在應該是沒戲了。

他的心裡多少有那麼一點惋惜，不過他不會手下留情。

隊長兩側的雇傭兵，肩膀上的肌肉稍稍拉緊，雖然只是些微的變化，可是左牧看得很清楚——這是扣下扳機前的動作。

他迅速轉身，才剛躲到橫躺在後方的鐵桌後面，無情的子彈便瘋狂地掃射而來。

鐵桌雖然勉強能擋下子彈，但也擋不了多久了。

「開槍」就像是個暗號，兔子從角落衝出來，左手抓住離自己最近的槍管，對方還來不及反應便被軍刀劃開喉嚨。

雇傭兵明明穿著全套防護裝備，兔子卻能一眼看到裝備間的縫隙，利落地劃開敵人的血肉。

鮮血如噴泉般灑出，很快敵人就少了一個。

隊長和另外一名雇傭兵還來不及反應，就這樣眼睜睜看著臉上染血的兔子朝自己衝來。

這時卻傳來一聲槍響，子彈從隔壁大樓的窗戶射向兔子。

兔子的反應很快，在瞬間往後一仰，子彈沒有擊中他，只在牆上留下清晰的彈孔。

沒想到連狙擊手的偷襲也沒用，兔子的反射神經讓他們無話可說。

在所有注意力都被兔子吸引的當下，他們完全忘記了左牧的存在。

左牧從鐵桌後方衝出來，朝右邊雇傭兵的腳板開了一槍。

「啊！」

劇烈的疼痛讓對方失聲大叫，不穩地跪在地上，下一秒被左牧狠狠地用膝蓋擊中顏面，向後倒地，直接昏了過去。

隊長看到這個狀況，想舉槍卻為時已晚。

兔子已經後面貼過來，用短刀抵住對方的喉結，制住了他的行動。左牧則笑盈盈地將臉轉向窗外，朝對面大樓的狙擊手揮揮手。

從狙擊鏡頭內看到左牧的笑容，狙擊手的心頓時涼了一大半。

充滿挑釁意味的微笑，彷彿在對他說「開槍試試看啊」。

於是，不知道左牧還有什麼可怕後手的狙擊手只能默默放棄攻擊。

這也在左牧的計畫之內，從剛才的對話可以判斷，這些人並不像其他雇傭兵那樣無法溝通。

「你……你想做什麼……」隊長艱難地發出聲音。

抵在喉結上的刀刃似乎隨時都能往下割，讓他不得不小心說話。

「雖然我可以直接這樣解決你們，不過我本來就不太喜歡殺人，既然你還算能溝通，也就沒必要殺光你們。」

「殺了我的人之後才突然良心發現？」

「我一直都很有良心，畢竟我和你們雇主……和設計這場遊戲的組織不同。」左牧皺緊眉頭，「你要是真的想活下去，勸你還是離開這座島比較好，這是我給你的忠告。」

「離開？」隊長突然揚起嘴角，「原來如此，果然就和上頭說的一樣，你們打算搭我們的潛艇逃走。」

左牧愣住了，他沒料到雇傭兵竟然已經猜到這件事。

他驚訝的表情讓隊長覺得自己抓到了機會，便向他提議：「來交換條件怎麼樣？我把我知道的最新情報告訴你，而你們不准對我們三個動手。」

沒想到對方會反過來提出要求，不得不承認，左牧很心動。

能直接從雇傭兵的口中獲取情報，就能檢視自己的猜測準不準，而且他也不認為對方在這種情況下還有膽量說謊。

思考過後，左牧提出了兩個條件。

「可以，但有兩件事你必須遵守。」他豎起兩根手指，「首先，先叫你的狙擊手過來會合；其次，你們得暫時和我們一起行動，如果有什麼不對勁，我的同伴就會直接殺了你們。」

這些要求是為了提高情報的可信度，左牧知道對方百分之百不會拒絕。

「沒問題。」

隊長果然親口答應了左牧，從他的角度來看，確實沒有其他選擇。

幾分鐘後，躲在隔壁大樓的狙擊手過來了，左牧也讓兔子放開了隊長。

兔子聽話地放下軍刀、黏回左牧身邊，但他的眼神卻始終銳利，目不轉睛地看著雇傭兵小隊，就像是盯著獵物的捕食者。

隊長摸摸脖子，仍心有餘悸，狙擊手則迅速替被左牧打暈的同伴止血。左牧也沒有阻止，就這樣讓他們治療昏迷的同伴。

幸好子彈是直接貫穿，沒有留在身體裡，止血處理也進行得很順利，只是短時間內只能拐著腳走路了。

在雙方都展現出「誠意」後，他們開始了短暫的「情報交換」。

「不久前我收到通知，說你們很可能會利用潛水艇逃離，所以命令我們不能打草驚蛇，繼續追捕你們，但是不要阻止或干擾你們找到潛艇。」

左牧摸摸下巴，「原來如此，是想把我們引誘過去？」

「上頭知道玩家都會朝那裡聚集，等你們全部會合後，就能直接炸毀潛艇、一口氣解決掉所有人。」

「也就是說，無論我們在島上還是離開島，主辦單位都能夠達成目的，殺光所有玩家。」

「比起毀掉這座島，殲滅潛艇相對簡單很多。」

「離開的唯一辦法居然是個早就設計好的陷阱，真讓人不快。」左牧嘆了口氣。

這可不是什麼好消息。

主辦單位想到了所有的可能性，包括他們會用什麼方法和機會逃離這座島。面對這樣的敵人，他們的計畫幾乎跟裸奔差不多。

只要還在這座島上，所有的事情便都掌控在主辦單位的手中，就算他能製造小意外，也不會產生什麼決定性的影響。

他得想個辦法，想個不會被主辦單位操控的計畫——否則沒有人能生還。

「我已經把知道的事情都告訴你了，這樣可以了吧？」

男人還有些緊張，他不太相信左牧，只是別無選擇。為了保住他跟兩個部下的性命，除了坦承之外沒有其他辦法。

對他來說，這是一個賭注。

從他接獲的情報來看，這座島上的都不是什麼好人，不是罪犯就是腦袋有問題的神經病，所以他打從一開始就沒想過兩方能夠好好溝通。

如果不是因為左牧的行為太詭異，加上上頭的人將這人列為第一獵殺目標，他也不會產生跟左牧交談的念頭。

早知道剛才他應該直接開槍殺掉左牧，這樣事情就簡單了。
左牧露出笑容，輕推眼鏡。
「你的情報很有用，不過我還有幾件事情想問。」
「什……什麼？」
「你收到的命令是殺了我吧？如果說我讓你『完成任務』的話，會怎麼樣？」
男人有些意外，但還是老實回答：「會、會將屍體帶回以便確認……不過還是要從你手中奪回被竊取的資料，所以原本的命令是『盡可能活捉』。」
「原來如此，所以活著也沒問題？」
「是這樣沒錯……」男人越聽越覺得不對勁，因為左牧露出了開心的笑容，他不敢問左牧在計畫什麼。
站在左牧身邊的兔子突然望向窗外，他輕輕拉扯左牧的袖口，左牧這才順著他的視線看過去，並皺緊眉頭。
「……換個地方談吧。」
「咦？欸……什、什麼？」
隊長不懂，他們什麼時候變成左牧的同伙了？

雖然答應過他要暫時一起行動，但沒想到是以同伴的方式？這個傢伙究竟在想什麼！

「守墓人的數量有點多，看來這附近應該有大量的屍體。」

左牧看見街道上開始聚集許多守墓人，光目測就有五個，這個數量他們可應付不來。

而且，其中有個守墓人在空氣中嗅了幾口後，盯上了他們這棟大樓，大概是聞到剛才被割喉的雇傭兵的鮮血味道。

「守墓人……你是說那些怪人？」

「這些待會再說，不想死的話就跟我來。」

左牧轉身走出房間，雇傭兵們互看一眼，最後只能選擇跟上他。

他們親眼見識過，很清楚那些「怪物」有多可怕，比起任務，對守墓人的恐懼催促著他們做出了選擇。

「隊長，不趁這機會從背後直接射殺他們嗎？」

「別開玩笑了，你想把我們三個害死嗎？」

「可是……這個男人真的值得信任嗎？搞不好會把我們當成誘餌、趁機逃跑。」

隊長很明白部下心裡的不安，他也有同樣的顧慮，可是不知道為什麼，左牧給人的感覺很泰然，感覺起來也不像上頭說的那種狡詐的罪犯。

「那個銀髮男人可是有著秒殺我們的實力，連你的狙擊槍打不中他，像這樣的對手，你覺得我們可以偷襲成功？」

簡簡單單的一句話，就讓想偷襲的同伴放棄掙扎。

確實，戴著防毒面具的敵人，全都是強到不可思議的可怕對手。

明明有著如此強大的實力，卻成了罪犯，不知道該羨慕還是畏懼。

「隊長，你真打算聽他的話一起行動？」

男人沒有回答，因為連他也沒辦法給出肯定的答案。

所有的計畫都在守墓人出現後被打亂了，現在誰也沒辦法預測接下來會發生什麼事情。但可以肯定的是，結局絕對會和主辦單位計畫的一樣。

這是，不可抹滅的「現實」。

就算左牧真如資料中說的那般厲害，他也不認為這人真的能在這種情況下反轉結局。

「先看看情況再說。就算現在開槍，我們也不見得能贏。」

「但是——」

「放心吧，只要我們不反抗，就不會有事。」

「隊長，你是認真的？」

「哈……當然。」

隊長雖然嘴上這麼說，但額頭上冒出的汗水卻曝露了他心中的隱憂。

即便如此，現在他們也只有「相信眼前的男人」這條路能走了。

BEFORE THE END OF THE GAME

規則八：玩家沒有免死金牌

守墓人果然來到那棟大樓，拖走了被兔子割喉的雇傭兵。

左牧不由得把這個景象和自己初次見到守墓人的時候重疊，不同的是，現在的他並不像剛開始那樣不知所措了。

說真的，連他都覺得能冷靜看著這個畫面的自己很可怕。但是來到這座島之後，不斷上演的血腥畫面早就成為日常，就算不習慣也不行。

他明明才在島上生活了幾個月，卻覺得已經過了好幾年。不知何時開始，他對時間的流逝的感覺已經麻痺，甚至不再在乎，光是活下去就幾乎耗盡了全部心力。

守墓人雖然解除了項圈指令、能夠自由行動，但他們仍遵從最初的遊戲設定——也就是說，他們並不是為了殺人而行動，而是為了清理屍體，只要逃離守墓人的視線就可以確保安全，正面硬剛絕對是最糟糕的選擇。

只不過，守墓人的實際數量不明，所以只能邊移動邊留意周圍，並祈禱不要遇見他們。

左牧繞過守墓人，原本打算離開這片廢棄大樓區域、進入遮蔽物較多的樹林，繼續往「巢」的方向前進，盡快與其他人會合，卻在行動前重新連繫上了布魯。

「左牧先生，太好了，你沒事。」

可以清楚聽見布魯鬆了一大口氣，左牧也趁這個機會詢問羅本和高仁傑的狀況。

在得知兩人安然無恙、還去拖延其他雇傭兵之後，他開始認為剛才和隊長交換得來的情報越來越像真的了。

於是，他把自己的狀況、以及「俘虜」三名雇傭兵的事情告訴布魯。

布魯很驚訝，他完全不知道擊沉潛水艇的計畫，看來這是在他被撤換之後才開始進行的。

「這下糟了，其他玩家已經根據我的指示前往潛水艇停泊的位置，如果這是陷阱……總之我先試著聯絡他們。」布魯的聲音透出了緊張。

「嗯，還有一件事。」

「請說。」

「我打算假裝成俘虜，讓這三個人把我帶到敵方大本營。」

在場的所有人都驚訝到說不出話來，尤其是兔子，他的眼睛瞪得快掉出眼眶了，直接抓住左牧的肩膀拚命搖晃。

「呃！快住手，我要吐了！」

左牧雖然這麼命令，但兔子根本沒在聽，接著又把他整個人攬入懷中，以能夠擠斷肋骨的力道緊緊抱著不放。

現在左牧不只想嘔吐，還快要吐血了，搞不好連內臟都會從嘴巴裡擠出來。

「兔子！放開我……給我放開！蠢蛋！」

左牧用盡全身力氣，好不容易才抬起腿，狠狠地朝兔子的跨間踹下去。

毫無防備的兔子就算身體再強悍，也沒辦法承受最脆弱的部位遭到狠擊，就這樣縮緊身體倒在地上不停翻滾。

左牧臉上還留有怒火，他身後的雇傭兵們全部看傻了眼。

那個能夠秒殺他們同伴的兔子，竟然這麼脆弱，總覺得心情有些複雜。

「冷靜點，我又不是去送死，別那麼緊張！」

左牧拉好被弄亂的衣服，大嘆一口氣。

「……左牧先生，我和兔子先生一樣都覺得這個辦法不妥。」

布魯的聲音聽起來十分嚴肅，充滿擔憂。

左牧雙手抱胸，大剌剌地質問：「你們到底有多不信任我？」

「在這種情況下所做出的計畫，將近十成是突發奇想，這樣通常不會有好結果。」

「如果想轉移主辦單位的注意力，靠這個方法最快。而且那些傢伙想要的是我，所以短時間內不會對其他人出手。」

「我能夠遠程操控潛艇，所以左牧先生不必做這種危險的事。」

「正因為我知道你能控制，才打算這麼做。」

「這是……什麼意思？」

「布魯，聽好了。那些人不知道我們有辦法操控潛艇，所以認為只要在潛艇內埋伏、或者在外面部屬軍力，就可以輕輕鬆鬆地把我們一網打盡。」

「意思是，左牧先生你打算讓他們如願？」

「嗯，我就是要讓他們認為情況對他們有利，而且放心吧，他們不會輕易殺了我，畢竟他們還想找到隨身碟。」

「但那只是時間上的問題。」布魯努力思考左牧在盤算什麼，但始終沒有頭緒。

該不會是打算讓兔子去大鬧一場？兔子雖然很強，可是也沒強到能以一擋百，更何況他現在還不是全盛的狀態。

左牧到底在想什麼？

「喂，我說……」始終保持沉默的雇傭兵隊長，終於忍不住開口，「你們這樣正大光明地在敵人面前討論計畫沒問題嗎？」

「因為我的計畫需要靠你們來執行，不然我早就讓兔子把你們解決掉了。」

「別隨便把人拖下水啊！我可不是因為這樣才跟著你行動的。」

「你很聰明，加上又帶著一組小隊，所以我想你應該也是指揮官。既然如此，由你把我當成俘虜帶到那些人面前，可信度會很高。」

「我根本沒答應你這種事！」

左牧完全沒理會他的抗議，自顧自地說下去：「雖然會有點危險，但你把我帶回去之後就可以不用管我們了，對你們來說沒什麼損失不是嗎？」

「聽我說話！」

隊長大聲斥吼，聲音大到迴盪在樹林中，瞬間彷彿一切都安靜下來了。

左牧沒有說話，靜靜看著他因為氣憤而喘息。

「我可不是你的人，別隨隨便便就把人排進計畫！」

「真無情啊，我可是特地幫你想了個可以離開這座島的藉口，能活著離開不是很好嗎？」

「你說什——」

「還是說，要我把你部下的手腳都砍斷，你才會乖乖聽我的話？」

左牧黑著臉，冷冰冰的語氣讓雇傭兵們倒吸一口氣。同時，兔子也將手放到了軍刀上。

「唔……」

隊長很清楚現在是誰占上風，而且，左牧的表情不像是在開玩笑。

除了接受這個人的計畫之外別無選擇嗎……

「只要這樣做，就可以了嗎？」

「嗯，帶我回你們的大本營之後，你就可以不用管我們了。」

「……我知道……了。」

在逼不得已的情況下，隊長最後還是妥協了。

「左牧先生，保險起見，我也通知羅本先生和高仁傑來協助你們吧？」

「嗯，也麻煩把這件事告訴正一……不，還是單獨通知邱珩少就好。」

「其他玩家可能會有點棘手，畢竟我沒有和他們直接通訊的方式。」

「不能派無人機去通知？」

「這……如果接近的話，應該能連接到他的通訊頻道……」

「那就這麼做。」

「他不會把無人機打成蜂窩吧？」

「這很難說。」

「看來會是個困難的任務。」布魯大嘆一聲，但還是同意了，「那麼，左牧先生，請注意安全。」

布魯結束通話，但聽得出來他還是有些忐忑不安。

左牧則是恢復臉上的輕鬆笑容，轉頭對臉色鐵青的雇傭兵們說：「很高興能和你們愉快地合作，雖然可能會有點危險，但我想你們應該沒問題的。」

雇傭兵們無言以對，更正確來說，是不知道該如何回答。

眼前的左牧膽子大到令人不敢置信，這真的是當初被他們的人偷襲、差點死掉的那個男人嗎？

左牧根本就不是普通人，是怪物吧！

如今他們也只能把這句話埋在喉嚨裡，連聲音都不敢發出來。

因為在這個怪物身旁，還有著能夠隨時撕裂他們的白色惡魔在，所以「閉嘴」絕對是目前的最佳選項。

在等待羅本和高仁傑的這段時間裡，什麼也沒發生。

與其說是相安無事，倒不如說沒有人敢輕舉妄動。雇傭兵們冷靜下來思考後，確實覺得左牧的計畫對他們來講並沒有什麼壞處。

風險和左牧相比小多了，再加上左牧的判斷也沒有錯。

來到這座島上的指揮官總共有七名，他正是其中之一，只不過當中的兩人已經被守墓人殺害，連屍體都找不到，剩下來的人，則是從主辦單位那邊直接接到命令。

只要抓住玩家，無論死活，就會派遣直升機來接走他們，而這也是離開這座島的唯一辦法。

由於所有雇傭兵在行動開始前就知道他們無法乘坐潛艇回航，加上主辦單位承諾會在任務完成後另外派遣交通工具來接他們離開，所以沒有人想到會演變成這樣。

以原訂計畫來講，這次的任務相當簡單，他們更是絕對占優勢的那一方。沒想到計畫趕不上變化，如今他們卻陷入跟這些罪犯和玩家一樣的處境。

其他指揮官率領的隊伍仍打算按照原訂計畫，在潛艇周圍設陷阱圍剿玩家，因為主辦單位承諾，只要任務完成，官方就會阻止那些瘋狂又危險的守墓人。

可是隊長卻不這樣認為，所以他率領自己的小隊分開行動，利用守墓人的追蹤能力尋找玩家，見機會下手。

他原本的目標是勢力大減的正一，沒想到會遇見左牧一行人。以常裡判斷，比起手下眾多的正一，他絕對會優先選擇左牧，除了這名玩家是主辦單位最主要的目標之外，他們看起來也比較好突破。

所以當下他才選擇兵分兩路，由他親自追殺左牧，而其他人則保持原本的路線繼續追蹤。

沒想到左牧不但甩掉了守墓人，甚至只憑兩個人的力量就輕易地抓住了他們。

難道說，他因為這場混亂而了失去原有的判斷能力？

不，應該不是。

是左牧的聰明狡詐配上銀髮男子的行動與戰力，才讓他們陷入無法還手的窘境。

「你看起來有很多話想說？」

左牧挑眉看著雇傭兵隊長，這傢伙盯著自己的眼神太明顯，害兔子也一直警戒地盯著他。

「不，我只是在想，你反過來利用我們，做出這種危險的計畫……究竟是想做什麼？」

「離開這座島。」

「……你以為這樣說我會信？」

「哈哈！」左牧忍不住笑出聲，不得不承認，這個男人確實滿有膽量的。不過，畢竟是敵對關係，他不打算說太多，但也不會讓他心存懷疑。

「可以的話我不想殺人。」

「明明殺了我的部下還這樣說？」

「在那種情況下，如果我不殺雞儆猴，你不可能會好好和我對話。」在絕對強勢的力量面前，聰明的人都會做出讓自己活下去的選擇。

他知道用帶有威脅意味的口吻說話比較能讓對方安心，反正雙方的合作也只到達成目的為止。

「趁我的同伴來會合之前，我先大概跟你說明計畫內容。」左牧笑彎起雙眸，「只要你照我的指示去做，你們就不會死，這點我可以向你們保證。」

「同伴？是指另外一臺車上的人？」

「沒錯。」

「我的部下人數比你的同伴多幾倍，你就不怕他們已經被殺掉了？」

「關於這點，我完全沒有懷疑過他們的實力。」左牧鏡片下的眼瞳，散發出駭人的光芒，「比起我的人，你應該多擔心一下你那些部下才對。」

左牧自信滿滿的表情，讓隊長不得不往最糟糕的方向猜測。

在他看見另外一臺車開過來和他們會合之後，也間接證實了左牧沒有說錯。

一次次攤在眼前的現實，讓他徹底放棄掙扎，不再懷疑左牧說的話或是判斷。

誰都不會想和這個男人為敵。隊長打從心底這麼覺得。

「看你們活得好好的我就放心了。」羅本見左牧和兔子都沒受傷，便鬆口氣。

很快他就注意到他們身後還有三名雇傭兵，其中一個人因不明原因昏迷，另外兩人一臉緊張，似乎受到了什麼刺激。

不過羅本最在意的不是他們為什麼還活著，而是其中一個人手上拿著的狙擊槍。

「看起來不錯……」羅本喃喃自語，目光閃爍。

左牧輕拍他的後腦勺，這才讓羅本回神。

「別肖想別人的東西，還有正事要做。」

「好啦好啦。」

羅本和高仁傑把幾件衣服從後座拿出來，除左牧之外的三個人就這樣在敵人的面前開始更衣。

衣服上沾有鮮血，很顯然是從其他人身上直接脫下來的，至於是誰，這些人心裡也大概有底。

「隊長，那些衣服該不會是……」

「應該是其他人的。」

「該不會除了我們之外的人都……」

「殺光了哦。」羅本耳尖地聽見了兩人的對話，便抬起頭對他們說，「所有人都殺掉了，只剩你們。」

羅本的回答讓兩人倒抽一口氣，不再發問。

高仁傑冷眼看著羅本睜眼說瞎話，並不打算戳破。

他們兩個原本打算去解決後面的追兵，但收到布魯轉告的左牧指示，只好放棄原訂計畫，只有在對方的行進路線上埋幾顆地雷干擾而已，為的就是拖出足夠的時間讓正一他們拉開距離。

至於布魯控制的無人機則是分成兩路，一組暗中跟隨正一他們，另一組則是先到潛艇的停泊位置進行勘查，間接證實雇傭兵隊長說得沒錯。

無人機確實在潛艇周圍拍到不少組雇傭兵，為了避免無人機被發現，拍攝距離有點遠，但無人機內建的熱源反應系統還是能夠清楚看到人數與分布。

布魯第一時間就把這個消息回傳給左牧，不過這都還算在左牧的預料之內。比較讓他意外的是，布魯真的想辦法和邱珩少聯繫上了，成功地把這件事告訴了他。

避免打草驚蛇，目前左牧只把這個情報透露給邱珩少，就讓其他人照原本的計畫進行。雖說一開始他有點擔心邱珩少不會相信布魯說的話，但就結果來看，進行得挺順利的。

左牧並不是特別照顧邱珩少，而是考慮到如果他無法親自到場，邱珩少是玩家中最能做出正確判斷的人。

布魯很意外，沒想到左牧對邱珩少的信任竟然到了這種地步，出於不安還是忍不住開口向他確認，但左牧只是輕描淡寫地回答。

「關止然和黃耀雪不在考慮範圍內；正一的話，我沒辦法完全相信他；博廣和雖然還算可以，但如果真要我選擇，邱珩少的直覺比他好，所以我認為讓他來判斷最可靠。」

「邱珩少這個人無法信任，萬一他自己搭上潛艇離開呢？」

「他本來就不打算逃離這座島，要不是因為現在的情況讓他逼不得已，他絕對不會和我們一起行動。而且，雖然他做的並不完全都是好事，可是以他的角度來看，都是正確的選擇。」

「……既然左牧先生都說到了這個份上，那麼……我就相信左牧先生的選擇。」

最終布魯仍以「相信左牧」為前提，將這份情報單獨傳達給邱珩少。

這邊的事情確認完畢後，三人也都換好了軍裝。保險起見，他們都用防毒面具遮住面貌，看起來就跟真的雇傭兵差不多，相當適合。

始終默默看著他們四人的雇傭兵隊長，原本安靜無聲，卻在另外一名雇傭兵部下清醒過來、迅速拔出手槍對準左牧的那個瞬間，慌慌張張地抓住他的手阻止。

「呃！隊、隊長？」

「想死嗎你！」

隊長對著他大吼，接著立刻轉頭看向左牧等人。

意外的是，兔子和另外兩人都沒什麼反應，像是早就料到他會幫忙阻止一樣。

這種被徹底看穿的感覺真的糟糕透了，更讓人火大的是，他確實別無選擇。

隊長從雇傭兵手中搶下手槍，放回槍套中，接著起身命令才剛從昏迷中醒過來的部下。

「不准攻擊這個男人和他的同伴，這是命令。」

「什——隊長，這樣的話不就違抗上面的命令了！」

「如果你想活下去的話，最好乖乖聽話。」隊長黑著臉，不帶一絲笑容，取而代之的是陰沉到令人打冷顫的眼神。

在如此恐怖的厲光之下，雇傭兵只能乖乖閉上嘴巴。

一旁的狙擊手也只是拍拍他的肩膀。他們的心情相同，都不得不為了生存而妥協，雖然這樣有違軍人的榮光，可是在無法確保自己的性命安全的前提下，他們還是不敢倉促做出決定。

更不用說，他們到這座島上進行任務並不是心甘情願的。

左牧看向他們，摸著下巴思考。

那個武器商的私人軍隊中的服從意願，似乎沒有想像中高。不過，現在不是管他們的時候，他還有正事得做。

「我說，你應該有安排好逃生計畫吧？可別跟我說你真的打算白白送死。」

羅本忍不住開口詢問。

他們沒人知道左牧的真正意圖，只知道他打算混進敵方大本營，至於會不會成功，沒人能確定。

「誰知道呢？」左牧勾起嘴角，給了個不確定的回答。

羅本沒說話，只是皺起眉頭。

雖然他知道自己、兔子和高仁傑勉強能夠提供幫助，可是左牧的回答聽起來就不像有經過縝密計畫的樣子。

不過，這也不讓人意外，畢竟從事發到現在，根本沒有多少時間能夠思考。

但，就算是臨時起意，也不該讓自己暴露於危險之中。

「準備好了。」左牧感覺得到羅本還想繼續追問，為了阻止他開口，便笑著轉頭對雇傭兵們說：「現在輪到你們表現了，伙伴。」

「伙伴」這兩個字聽起來格外刺耳，但是也沒辦法。

隊長無可奈何地走向軍用車，拿起上頭的對講機，乖乖照左牧的意思向主辦單位報告：「這邊是阿爾法一七小隊，已活捉目標。」

沒過幾秒，對講機裡傳來回覆：「收到，阿爾法一七。請前往指定座標，我們會派人接應。」

男人鬆了口氣，把對講機重新放好。

「這樣可以吧？」

「嗯，做得很好。」左牧將手腕貼在一起，放在他的面前，「現在把我綁起來吧。順便一提，我會先裝作昏過去了，兔子會扛著我所以不用擔心。你們只要不讓我們的身分被揭穿就好。」

「然後我們之間的交易就結束了？」

「對，剩下的我們會自己想辦法解決。」左牧的眼神毫不動搖，充滿信心，「至於合作關係解除的時機，你會知道的。」

這句話實在過於曖昧不清，讓人冷汗直流。

總覺得左牧會做出不得了的舉動，他到底該安心還是擔憂才好？

包含邱珩少在內的三組人來到左牧的「巢」，徐永飛理所當然也在其中，只不過在邱珩少的耳提面命之下，他故意混在其他罪犯之中，隱藏自己的存在。

過沒多久，姍姍來遲的正一等人也來會合了，由於關止然披著斗篷、沒有露出臉，加上這裡的人幾乎沒和他見過面，所以他也就繼續隱藏真實身分。

按照原訂計畫，他們會依布魯的指示前往潛艇的所在地，然而只有邱珩少一人知道那附近的情況，以及主辦單位安排的「陷阱」。

當然，他不可能把情報告訴其他人，左牧既然「特地」告訴他這件事，就表示要讓他來負責應付這個狀況。

樂於接受挑戰的邱珩少，自然沒有拒絕的理由，倒不如說，這對他來說還挺有趣的。

「小牧什麼時候才來？」黃耀雪很緊張，一直沒見到左牧的身影，害他不停來回踱步。

「看你走來走去我的頭好暈，拜託你坐下來行不行？」博廣和累得癱成大字型，仰頭坐在沙發椅上休息。

他的勢力雖然和邱珩少不相上下，但守墓人不知道為什麼都聚集在他那邊，他光是對付這些怪物就累得半死了。

邱珩少沒有住在「巢」的習慣，總是待在古堡裡不知道在研究什麼。那裡很難攻堅、也不好偷襲，之前雇傭兵雖然成功包圍了古堡，但也沒有對付他們的辦法。

正一也面露擔憂，畢竟是因為他的關係，左牧才會和大家分頭行動。

「左牧要我們先去潛水艇那裡，就相信他吧。」

「老子才不信！話說回來，要不是因為你，小牧也不用冒這個風險！」

黃耀雪指著正一的鼻子大罵，火冒三丈地抓起手槍就要往外衝，卻被邱珩少的搭檔擋住去路。

他面露青筋，彷彿能聽見脖子轉動的咯咯聲響，回頭狠瞪邱珩少。

可是不只有他，就連自己的搭檔也對他搖搖頭，不希望他這麼衝動。

邱珩少勾起嘴角，「你想違抗左牧？」

「我是想要他活下去！」

「那麼你就不該擅自作主，認為他會死。」

「你說什麼！」

「實話實說而已。」邱珩少用食指輕敲自己的腦袋，嘲諷道：「你別忘了，他可是比你聰明百倍的男人，既然他要我們到潛水艇那裡和他會合，就表示他已經有相應的計畫了不是嗎？」

當然——這是他胡亂瞎掰的。

邱珩少知道左牧的計畫，也明白黃耀雪對那個人的執著，所以知道要怎麼應付這個石頭腦袋。

黃耀雪不會允許自己扯左牧後腿，只要搬出那個人的名字，他就不會反抗。

正如他所料，黃耀雪雖然不爽，但沒有剛剛那種囂張的氣焰了。

這讓博廣和不太高興，明明是他先看上左牧的，為什麼到頭來卻是邱珩少和左牧成為了「好朋友」？

可是，如今眼前的情況十分緊繃，不能把時間浪費在內鬨上。

——他就暫時先忍下這口氣吧。

「既然決定了，那麼就出發吧。」

「我來帶路。」正一拿出對講機，「布魯已經把座標告訴我了，我知道位置。」

他們迅速準備完成，重新動身。

目標是——離開這座瘋狂的孤島。

BEFORE THE END OF THE GAME

規則九：自投羅網不一定有好結果

ゲームが終わる前に

直升機來得很快，它停在距離左牧一行人不遠處的島岸草地上。

這附近的空間很大，沒有建築、樹木干擾，雖然旁邊就是陡峭的崖壁，但對直升機來說不成問題，是最佳的著陸地點。

早在直升機出現前，兩臺軍用車就已經停在附近，直到直升機完全降落後，雇傭兵們才帶著兩手被反綁的左牧走過來。

直升飛機上沒有駕駛也沒有任何武裝人員，空空如也。

左牧感到驚嘆，不過只有短短一瞬間。

主辦單位擁有這種技術並不是很讓人意外，只不過自己也是第一次看到由電腦控制的直升機，所以反應明顯了一點。

他們搭上直升機後便直接飛往目的地，也就是主辦單位的所在之處。

左牧原本以為自己會被戴上頭套之類的，畢竟要去的可是主辦單位的老巢，直接讓他看到地理位置什麼的真的好嗎？結果並沒有這種要求。

飛行一段時間後，左牧終於明白為什麼不需要這樣做。

因為四面八方全部都是海，完全沒有可以做為指標的景物存在，在汪洋世界中就只有他們存在，所以根本沒有隱藏的必要。

雇傭兵們沒有說話，一路上非常安靜，頂多偶而傳來那名傷患雇傭兵的痛苦呼吸聲，除此之外什麼也沒有。

羅本和高仁傑也都配合他們，全心全意地扮演著沉默盡責的雇傭兵。兩人都很有經驗，知道該如何配合軍事化的團體行動，所以左牧完全不擔心他們會露出馬腳。

這也是他選擇這兩人同行的理由之一。

直升飛機低空飛行，距離海面只有幾百公尺，看起來像是刻意為之。左牧雖然不懂為什麼要這樣飛，但也沒有太過在意。

飛行時間感覺沒有很久，海平面上便出現幾個小黑影，靠近看才發現是幾艘驅逐艦。而在艦隊的中央位置，是一艘相當巨大的高級郵輪。

明明是奢華的高級郵輪，周圍卻有四艘驅逐艦保護，違和感十足。

左牧立刻就明白，為什麼主辦單位不在乎自己的位置被發現了。一艘可以任意航行的郵輪，隨時都能變換所在地，更不用說周圍還有那麼多艘驅逐艦保護。而且他敢打包票，他們應該也有對付雷達偵測或衛星定位的措施，否則不會這麼明目張膽地在海上航行。

直升飛機在進入驅逐艦的範圍後便逐漸降低高度，直到降落在郵輪的停機坪。

停機坪上已經有數名武裝人員在等候，根本沒有空隙能夠逃跑，不過現在還不到出手的時機，左牧也不著急。

由於有傷者，另外一名和他們同行的雇傭兵就先將人帶走，剩下和左牧進行「交易」的隊長以及羅本等人。

三人都扮演得很好，並沒有讓其他人起疑，若無其事地混在雇傭兵之中。

迎接他們的武裝軍人在前方帶路，團團人馬將左牧包圍在中心位置，這讓左牧深刻明白自己對主辦單位來說具有多大的威脅性。

他不由自主地勾起嘴角，鏡片下的雙目沒有畏懼的神色，反倒充滿信心。

從位於頂層的停機棚搭乘電梯往下，浩浩蕩蕩的一行人來到了十樓。

郵輪內部的裝潢十分高雅華麗，彷彿不是在船上，而是在某棟五星級高級飯店。

高挑的空間以及昂貴的擺飾品，根本就不是他們這種穿著軍裝的人會出現的地方，尤其是渾身髒兮兮、衣服還沾著鮮血的左牧。

經過前方的走廊，一路往船尾方向延伸，最後來到一扇敞開的房門前。

這幾名軍人突然往左右退開，似乎不打算繼續前進。

「……怎麼回事？」

「上面的指令是要你自己進去，我只能把你送到這。」

隊長小聲回答左牧的問題，並替左牧鬆綁，讓他能在這裡面自由行動。

左牧輕揉手腕，跨步走入房間，原本兔子還下意識地想跟進去，卻被機警的羅本一把抓住，差點露出馬腳。

左牧轉身和羅本對上眼，雖然沒有開口，不過光是眼神的交流就足夠了。

這是他們兩個人之間的小小默契，和認識的時間長短沒有關係，只是單純的擁有相同的概念和想法。

左牧進去後，房門便被武裝軍人關上，他也跟著鬆口氣。

原本以為自己會被帶去監牢之類的地方——但在這種華麗的郵輪上，恐怕根本就沒有那種空間。

也就是說，這間看似華麗的房間，實質上就是他的「牢房」。

左牧並沒有開始尋找逃脫的辦法，而是觀察起這個房間。果然就和他所想的一樣，除了這扇門之外沒有其他出入口，而且這裡並不是「臥房」，而是有著大型舞臺，像是表演廳之類的地方。

靠牆的位置有個小吧檯，櫃子上放滿了各類酒瓶，有幾支還是相當昂貴的高級酒。

左牧無聊地坐在吧檯邊等待，另外也有點擔心兔子他們，尤其是兔子，深怕他會做出意料之外的行動。

此時的左牧根本沒注意到，房間的陰暗角落裡有個人影，他拿著酒杯慢慢走向左牧，很自然地在他的旁邊坐下。

直到看見裝著酒和冰塊的玻璃杯靠到手邊，左牧才注意到他的存在。起先他嚇了一跳，但在看到對方的面孔後，立刻露出厭惡的表情。

「原來你在這裡。」

「你的反應看起來好像早就猜到了。」

左牧確實有猜到這個可能性，不過他沒有直接了當地說出口，而是冷聲反問：「……有什麼事？」

「探監。」

男人笑容滿面地回答，左牧當然不相信。

因為這個男人就是他的委託人，也是把他捲進這場惡質遊戲的罪魁禍首。

只不過比起初相遇那時，眼前的男人簡直就像換了一個人，從他的眼眸中看得出他只將自己當成玩具一樣對待。

他就像個旁觀者，卻也參與其中，相當矛盾。

「你見到我似乎不是很開心？」

「廢話。」左牧把玻璃杯中的酒一口灌下，用力放回桌上，「你利用我，把我騙來參加這場無聊的遊戲賭局，難道我還要好聲好氣地迎接你？」

「話別說得這麼難聽嘛，我可是很認真地委託你來協助我。」

左牧冷哼一聲，「既然你想搞垮這個遊戲，用不著特地雇用我去找個死人的下落，想讓我拿回資料大可直說。」

「我可不能被抓到馬腳，要是直接提出委託的話，主辦單位絕對會起疑，這樣一來我就沒有辦法安排人手踏入那座島取回資料了。」

左牧知道他說得很有道理，只是被人矇騙的心情沒辦法得到釋懷。

如果這個男人沒有老老實實回答他，恐怕會讓他更不爽，沒想到他竟然這麼誠懇，也沒有逃避自己所計畫的一切。

「我一直都相信你會活下來，左牧先生。」

「你為什麼對我這麼有信心？我只是個普通的私家偵探。」

「左牧先生，你是個聰明的男人，應該能理解我為什麼選擇『你』。」

男人若有所指的話語，讓左牧的臉色沉重。

看樣子，這傢伙知道他是刑警，也就是說，他很有可能是透過自己的上司找上門的，如果真的是這樣的話，他大概會被氣死。

「哈啊……」左牧大嘆一口氣，決定放棄追問，果斷轉移話題：「那麼，你偷偷跑來見我是什麼意思？」

「說反了吧？難道不是你特地來見我的嗎？」男人用食指輕輕滑過自己的杯緣，嘴角的笑容始終沒有退去。

左牧不悅地咋舌，因為被說中了。

他知道委託人也是這場遊戲的賭客之一，早在登島前他就已經著手調查關於主辦單位還有這場遊戲的資料，所以他從最開始的表現就不完全像個新手。

掌握基本情報對他的「生存」很有幫助，只是沒想到當初的蒐集情報會用在這個地方。

「我只有六成的把握而已，在我看到主辦單位擁有這麼多軍力時，就有懷疑是你提供的。」

「投資這場遊戲的可不只有我一個軍事企業家，你還真敢賭。」

「但就結果來看，我賭對了不是嗎？」

「呵——你果然很有趣，左牧先生。」男人止不住臉上的笑容，因為左牧就像他透過螢幕見到的一樣，相當吸引他人的目光。

他接著用輕描淡寫的口吻說道：「主辦單位已經開始懷疑我了，所以我正打算離開這裡，沒想到卻聽見你被抓住的消息，原本還想著讓你這種人才死掉太可惜才決定留下，看來我的想法全在你的計畫之中。」

左牧依然記得，這個「大老闆」還是哭著跑來求他接下這份委託的，當時的他根本就不像現在這樣，如同狡猾的狐狸般難以捉摸。

狐狸就是狐狸，在露出真面目之前，絕對不會被人察覺出來。

「說吧，你想要我做什麼。」男人笑彎雙眸，讓左牧心中浮現不祥的預感，「這句話我只問一次，左牧先生，請好好選擇你的願望。」

不是幫忙，也不是協助，而是直接了當地告訴他該怎麼做，顯然眼前這個男人早就猜到他不是被抓，而是有計畫地來到這裡。

既然自己的想法已經被看穿，左牧也就沒什麼好隱瞞了，但……

「現在還不是時候。」

男人瞇起眼，沒有繼續問下去。

他拿起酒杯走回陰暗的角落，離開前，那雙銳利的眼眸匆匆地刺了他一眼。

「我會看到最後的，左牧先生。祝你好運。」

男人離開後，左牧來到他消失的角落查看，那裡只有牆壁，但如果用手指輕敲的話，可以聽得出這面牆後還有空間。

「真是艘麻煩的郵輪。」

看來這個地方比他想的還要複雜，表面奢華，內裡更是大有文章。普通的豪華郵輪絕對不可能設計暗道這種東西。

在男人離開約半小時後，房門再次打開。

坐在吧檯邊的左牧轉身望向門口，看見一名穿著高衩禮服的美麗女人以及三四名西裝筆挺的中年男子走進來。

他們各自坐在圓形沙發區的位置，明明是一起來的，卻特地隔開來坐，讓人有種他們之間關係並不是很好的錯覺。

不過，女人沒有坐下，她踏著優雅的步伐走向左牧。

雖然是張漂亮的臉，但無論眼神還是表情，都如同冰山般讓人打從心底顫抖。

——看樣子這女的應該就是這場遊戲的背後主謀。

「終於見面了。」

「嗯。」

女人的聲音沒有半點友善或討好的意思，反而相當傲慢。

隨著這些人進入房間的還有許多武裝軍人，以現在的情況來看，孤立無援的左牧是絕對不可能活著離開或是反抗的。

正因如此，這女人才會輕易地鬆綁他，是想讓他明白，就算他沒有被囚禁起來也逃不了吧。

「你帶給我們很大的麻煩，甚至逼迫我們不得不做出棄置的決定，你明白這樣做會讓我們損失多少利益嗎？」

「損失的是你們又不是我，我為什麼要在乎？」

「雖說玩家確實擁有我們給予的主權，但是不要忘了……」女人狠狠揪住左牧的衣領，力氣大到直接把他從椅子上拉了起來，「在這裡，我們才是操控一切的人，你只要乖乖按照規則去做就好。」

左牧垂下眼眸，他並不畏懼這個女人，也對她的威脅毫無感覺。

「不然怎樣？殺了我？」

「現在沒有人能救你，這裡可不是那座島。」

「就算沒有那座島的規則，我也沒那麼容易死掉。」

女人一愣，「什麼？」

她不理解，為什麼左牧的態度沒有半點畏懼或是動搖，明明是被他們派過去的人抓回來的，現在卻有種他手中握有主動權的錯覺。

「難道你以為你手裡有我們想要的東西，就不會被殺死？」

「這個理由只占小部分吧？只要島上沒有任何人離開，資料就沒有外洩的可能，再來只要把那座島完全封閉或是直接清除就沒問題了，方法多得是。」

「但你的態度看起來不像是怕死的樣子。」

「是人都會害怕死亡，我也不例外。」左牧勾起嘴角，「話說回來，難到妳真的以為我是被抓來的？未免也對自己的人太過有信心了吧，小姐。」

女人一愣，還沒反應過來，房間內的燈光就全數熄滅，陷入伸手不見五指的黑暗之中。

她感覺到左牧狠狠甩開她的手，不知道跑去了哪裡，連忙下令：「把門關上！別讓他趁機跑出去！」

在軍人把門關上後的同時，房間內的燈恢復正常。

雖然突然驟亮讓眼睛需要幾秒來適應，可是這點時間不算什麼，因為只要守住出入口，左牧就百分之百逃不掉。

然而，當所有人的視線恢復時——左牧就像是憑空消失般，不見蹤影。

在場的所有人都愣住了，尤其是離他最近的女人。

她怎麼樣也沒想到，短短幾秒內左牧會竟然像幽靈一樣消失無蹤！

「把人搜出來！」她匆忙下令，軍人們立刻開始在房內搜索，但仍然沒有找到人。

沉默不語地看著眼前這場鬧劇的幾名西裝男人，冷漠地看著憤怒的女人。

「連一個沒有反抗能力的人都對付不了，是我對妳的期待太高嗎？」

「果然這件事就不該交給她。」

「哈……我沒耐心繼續看這場鬧劇，先走了。」

這幾名男子說完便起身，接二連三地離開房間，沒有半個人敢攔下他們。

女人原本是想在這幾名高層面前展示處理左牧的場面，沒想到反而讓自己出糗，這口氣她嚥不下去！

好不容易才拿到這次機會！她好不容易才掌握主控權——

跟隨在她身旁的另外一名女子，看見自己的老大氣到連皺紋都擠出來了，沉默不語地垂下眼簾。

看來她晚了一步，在找出證據之前，就已經先被那個男人捷足先登。

雖然不爽，但也不得不承認，自己跟隨的老闆已經快垮臺了。

她是不是該考慮投履歷去找其他工作了？

「那個人絕對不可能離開這艘船！把他給我找出來！」女人抓狂地向所有武裝軍人下令：「不用留活口，見到人就立即射殺！我會讓他明白我不是他能輕易戲耍的對象！」

「唉，已經氣到這個地步了嗎……這樣看來也得先讓客人們轉移到安全的地方才行。」

女子在聽見老闆的命令後，喃喃自語。

畢竟這艘郵輪上還有許多客人，雖然賭場和房間都位在下層，但依照現在的情況，這艘郵輪很有可能會成為戰場。

於是她向其他人員下令：「先去護送客人們離開，把十樓以下的樓層隔開，禁止出入。控制塔那邊先正常運作，但加派人手戒備。」

「是，主任。」

領命的人冷汗直冒，幸好在抓狂的老闆之下，還有能夠用清楚的腦袋率領他們的人在，否則依老闆現在的情況，肯定不會管這麼多。

「雖然早就習慣替她善後，不過這次可能真的沒辦法了……」

「我們該怎麼做才好？主任。」

「誰知道呢。」

女子嘆口氣，雙手抱胸。

只希望戰火不要影響到客人們就好。

很顯然，這場「意外」並不在左牧的預料之中。

莫名其妙的熄燈加上被人從後面摀住嘴巴，隨後帶到莫名其妙的包廂，全都超出他的計畫。但是當他發現抓著自己離開的人是兔子時，瞬間就明白了是怎麼回事。

兔子很擔心和自己分開的左牧，終於抓到機會把人緊緊抱在懷中，說什麼也不願放手。

因為他現在打扮成服務生，又沒有戴防毒面具，所以左牧沒有馬上認出來，不過這舉動和表情，很快就讓他反應過來。

雖然之前曾看過兔子的臉，但時間很短加上那時的情況很緊張，根本沒辦法好好烙印在腦袋裡，如今倒是能夠看個仔細。

撇除行為和罪行不說，兔子有張俊美且文雅的面孔，就算不笑也很好看。

再更簡單的形容，就是個能夠登上雜誌封面的帥哥。

「兔子，你這傢伙到底為什麼要聽那個人的話？」

「反正這也是你計畫中的一部分不是嗎？」

羅本從旁邊冒出頭來，差點沒把左牧嚇死。

這時左牧才意識到，除了兔子和羅本之外，連高仁傑和委託人都在。

左牧垮下嘴角，指著男人的鼻子說：「我可沒要你做這種多餘的事！」

「什麼嘛，我還以為你會感謝我。那女人可是想殺了你哦。」

「她不會輕易殺掉我的。」

「因為你已經安排這三個人大亂郵輪？」

左牧皺起眉頭，看樣子這些人把他的計畫統統都說出口了。

「並不是沒有目的地隨便亂鬧，我來這裡是想轉移主辦單位的注意力，至少給邱珩少足夠的反應時間，讓他去對付埋伏的雇傭兵。」

他相信邱珩少足夠聰明，能夠猜到他在想什麼，所以才會讓布魯單獨將情報提供給邱珩少，包括他自願被主辦單位抓走這件事。

另外還有一點。

「而且脫離島嶼的話，手表和項圈就沒有效用了對吧?這是最快解除它們、而且不用擔心被發現的辦法。」

男人眨眨眼，噗哧一聲笑出來。

「哈哈哈！不愧是你，沒想到還能注意到這種事。」

確實正如左牧所猜測，手表和項圈的控制範圍僅限於那座島，因此在這艘郵輪上沒有任何作用，就只是個裝飾品。

「正如你所說，手表和項圈的系統都是透過島上的中央大樓來連接，一但離開那個範圍就無法控制，所以才會嚴格地限制你們離開島。」

雖說這是好事，不過代價卻是陷入敵人大本營，相較之下感覺也沒有比較好。

「所以，你究竟在謀畫什麼，左牧先生？」

「……我確實打算溜出去製造混亂，只是沒想到你會主動牽扯進來。」

「我可是幫你的人弄了最適合他們的臥底身分，還成功把你從那女人的眼皮底下『偷』走。」男人邊說邊笑，「我似乎可以看到那女人氣到跳腳的模樣，呵呵。」

「你純粹只是想氣她吧。」

「畢竟我已經玩膩了，而且比起賭注，揭穿這個地下賭局對我來說獲益更多。」

左牧真不知該說什麼才好，只能承認，這男人確實是隻老狐狸。

男人並沒有猜錯他的計畫，因為時間太匆忙，能給他思考的時間不多，所以左牧臨時想了三到四種備案來應對這種情況。

換作是平常，他至少會備到七八個左右，所以他才會覺得這次的成功率很低。而「這個男人」的出現，輕而易舉地讓他的計畫變得簡單許多。

「我在你的計畫之中，對吧？」

男人笑盈盈地對左牧釋出善意，令左牧冷汗直流，滿心無奈。

在他開口回答前，兔子突然轉過身，強行將兩人分開，似乎連一點空間都不打算給對方，而且還用想要咬斷男人喉嚨的眼神，凶神惡煞地瞪著對方。

男人眨眨眼。

雖然早就透過鏡頭見識過兔子對左牧的執念有多深，但親眼看到的感覺還是很不同，害他又忍不住哈哈大笑。

羅本早就習慣了這種場面，他雙手環胸，搖頭嘆氣。

「兔子，你也好歹看看場合……」

「沒關係，反正很有趣。」男人欣然地接受兔子的眼神威脅。

置身事外的高仁傑看著眼前和樂融融的氣氛，有那麼一瞬間竟然忘記他們還受困在敵人的大本營中。

左牧不爽地抬手狠狠一彈兔子的額頭，這才讓他乖乖鬆手。

獲得自由的左牧重新和男人四目相交，冷靜說：「既然你知道，那麼我就直說了。」

他毫不客氣地向男人提出自己的要求，剛開始男人還笑嘻嘻的，但隨後他的表情變得越來越難看，眼眸中充滿厲光。

看著那雙眼，左牧勾起嘴角，換他以爽朗的笑容面對對方。

「你為什麼會知道？」

「擁有軍事力量、最先進的武器和自己的軍隊，所以我很清楚，你也是提供主辦單位軍力協助的贊助商之一。」

男人沒了笑容，轉為警戒。

左牧確實沒有猜錯，派到島上的雇傭兵之中，有部分是他的人。不過為了避免被懷疑，他並沒有派出完整的部隊，而是將自己人單獨安插在各個小隊裡。

而被左牧要脅的那個指揮官，正是他派去的人之一。

早在左牧發現能夠和指揮官對話的時候，就有這種猜測，而且對方也很快就接受自己的提議，這表示他本來就沒有攻擊他的意思。

「再說，你能夠直接和布魯接觸，讓他暗中提供協助，這只有在敵營裡才有可能做得到，所以我才會猜想主辦單位很有可能和你們這些贊助商和客人在同一個地點。」

左牧摸著下巴，「你是這樣向自己的雇傭兵下令的吧──『視情況、有必要就殺掉目標』。」

「哦？為什麼這樣說？」

「因為我死了就無法證明你是在背後擾亂主辦單位的主腦，但如果我能活下來的話更好，所以你才會下達這樣的命令。」

男人沒有正面回答，而他的反應讓左牧更加確信自己說對了。

「唉，原本我是打算給你驚喜的，結果到頭來反而像自投羅網。」

「這樣也好，省下我去找你的功夫，本來我就有讓羅本他們去確認你在不在。」

男人搔搔頭。坦白說，被左牧算計這件事情讓他不太高興，但也沒有那麼生氣。

左牧果然是個會帶給他驚喜的男人，真是百看不厭。

只不過，他沒料到這樣的左牧竟然會要求他的軍隊提供協助。他本來就不想被主辦單位針對，如果現在這麼做的話，就證實左牧是他安排的臥底，同時也就代表是他在指使左牧做事。

恐怕這些，全都在左牧的計畫之中，他就是打算把自己也拖下水。

「……知道了，我會提供你需要的協助。」

「這不是理所當然嗎？」左牧冷笑。

在確定接下來的行動後，男人就離開房間，留下他們四個人。

兔子依舊緊緊抱著左牧不放，羅本和高仁傑則是鬆了一大口氣。

「虧你有膽和他提出交易，難道你不知道他是誰？」

羅本對那個男人並不陌生，畢竟他可是有名的黑道企業老大，就連高仁傑也耳聞過，可是左牧卻能面不改色地和他談判。

而且他也沒想到，左牧竟然是那個男人安排到島上的臥底。左牧提出要找那個男人的時候，他還不明白理由，現在總算一清二楚。

「抱歉，沒時間和你們說清楚。」

「我是無所謂啦。」羅本確實沒有什麼感覺，畢竟兩人本來就沒有什麼特殊關係，只是為了配合遊戲的設計才成為了同伴。

高仁傑摸著下巴，觀察他們兩人，忽然說道：「你們兩個果然有點相似呢。」

「啊？」左牧和羅本立刻大聲喊出來，轉頭瞪向高仁傑。

這傢伙在說什麼?他們一點都不像好嗎！

高仁傑沒想到他們的反應會這麼大，苦笑著解釋：「都是嘴硬心軟，事實上就算沒有特別的原因，你們也會選擇正確的一邊並提供協助對吧？」

沒想到高仁傑的見解竟然這麼有道理，兩人一時無法反駁。

兔子的想法和高仁傑相反，不過他沒有說出口，只是更用力地抱緊左牧。

左牧聽見自己的骨頭發出咯咯聲，感覺要被兔子折斷了。

「你要那個男人的軍力做什麼?」高仁傑切入重點，這也是左牧剛才提出的要求中，他最在意的事。

左牧正在努力掙扎著從兔子的束縛中脫離，沒好氣地回答：「當然是要幫邱珩少他們。那艘船上都是『證人』，不能被滅口。」

「剛才來的時候你也看見了吧?周圍都是驅逐艦，就算他們順利將潛水艇開到附近海域，也很容易會被發現。」

「所以我才要那個男人幫忙，不過在這之前，我們還有其他事要做。」

「什麼？」

高仁傑愣了一下，難道他們的目的不只有轉移注意力？

好不容易終於把兔子推開的左牧，連忙站起來，壓住兔子的頭頂，不讓他再靠近。

兔子只能跪坐在地上不停揮手，就像得不到寵愛的小鬼頭，麻煩得要死。

羅本從背後架住兔子，直接用十字固定法把他按在地上，這才讓左牧鬆了口氣。

兔子雖然用想殺人的眼神凶狠地瞪著羅本，但羅本絲毫不受影響，一臉平靜地繼續維持完美的姿勢。

高仁傑一邊看著兩人的鬧劇，一邊向左牧追問：「我們還要做什麼？在這裡安安全全地等著不就好了？外面可是有不少人在找你。」

「我突然不見，他們肯定找瘋了，但再怎麼樣也不可能到下層客人待的地方。」

「你該不會是想……」

「最危險的地方就是最安全的地方。」左牧笑道，「你不這樣認為嗎？」

他邊說邊將手表輕鬆地取下，果然就像之前說的，失去控制後的手表很容易拆卸。

接著左牧也取下兔子和高仁傑的項圈，脖子空蕩蕩的讓他們不太習慣。原本在地上鬧脾氣的兔子摸著自己的脖子，歪頭看向左牧。

「從現在開始，沒有什麼玩家和罪犯，也沒有規則，我們是平等的人類。」

沒錯，這本來才是「正常」的世界。

無論是罪犯，還是被當成棋子扔到那座島上的玩家，全都是「人」。

現在開始，他要來徹底結束將人命當成籌碼的無聊遊戲。

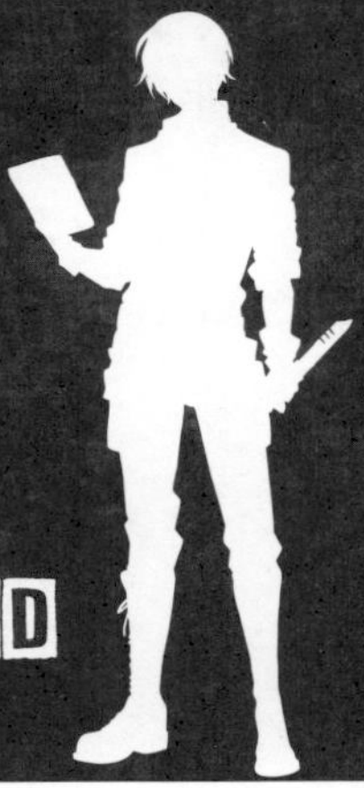

BEFORE THE END OF THE GAME

規則十：在遊戲結束之時

ゲームが終わる前に

「找到了嗎！到底找到人了沒有？」

美貌的女人臉上寫滿怒容，因著急而不斷斥責身旁的部下以及軍人。

她越想越不爽，明明自己是這裡的老大，為什麼有種被耍得團團轉的錯覺？

站在她身旁，穿著服務生制服的男子低下頭，膽怯地回答：「不……沒有……」

「監視器呢！追蹤器呢！難道就沒有一個東西能定位到那個男人的位置嗎！」

「非、非常抱歉，追蹤器只能在E3區遊戲場使用，監視器的部分也沒有看到他。」

「開什麼玩笑！難道你要跟我說，那個男人就像幽靈一樣從人間蒸發了？」

女人的火氣已經到達臨界點。就一個人，一個人而已，怎麼可能找不到！

難道說，左牧根本就不在這幾層，而是溜到十樓以下的地方躲藏？

——不，她立刻就派人封鎖了樓梯，絕對不可能有漏網之魚。

她緊咬拇指指甲，氣得磨牙，原本與她態度相反的那名冷靜女子，也開始有些焦躁不安。

此時，一名軍人來到她身邊，壓低音量，貼在她的耳邊報告。

「驅逐艦有狀況。」

「……什麼？」

「有幾艘聯絡不上，而且開始偏移原本的航線，讓我們周圍的防禦出現了缺口。」

女子先是一愣，接著很快就連想到那個男人——也就是安排左牧參加這場比賽的企業大亨。

驅逐艦中有幾艘是屬於他的，只要他想，隨時都能接手指揮。

女子看著自己抓狂的老闆，要是這件事情讓她知道，肯定會沒完沒了。

「客人們已經平安撤離了嗎？」

「是，大部分都已經移到其他會場，也提供了臨時補償，只有少部分的人還在轉移途中，不過也都快完成了。」

「『那傢伙』呢？」

軍人立刻就知道她在問誰，如實回答：「那位客人也在最後一批的護送名單內，現在的話應該是在遊戲大廳裡等候。」

「我去見他。」

女子說完便轉身離開，軍人有些著急地問：「那老闆呢？」

「以她現在的情況只會誤事，就讓她繼續找那個姓左的。」

她完全不把美貌女人放在眼裡，倒不如說，她開始覺得這個女人的存在很不必要。

原本她就是從集團那裡派來協助這個女人管理她負責的遊戲區域，只是沒想到，竟然就這麼湊巧地遇上這種棘手問題。

不知道該說是幸運還是不幸？總之，她可不想被拖下水。

然而就在女子準備和這名軍人離開的時候，美貌女人卻突然衝過來，一把抓住她的手腕。

她嚇了一跳，抬起頭就和那雙怒目對視。

那是已經被怒氣沖昏頭的表情，現在這個女人沒有辦法做出正確的判斷，不過以地位和身分來說，自己也沒有反抗她的餘地。

「妳要去哪？」

女子原本是想要單獨行動，但既然被抓到了，只能舉手投降。

「我懷疑是我們的客戶在暗中協助那個名叫左牧的男人。」

「什麼？是誰！」

「陳總。」

「妳說陳熙全？」女人聽見這個名字，瞪大了雙眼。

因為這個人可是她的軍力協助者之一，無論是財力還是武力都相當富有，而且還與他們的組織有著密切的合作關係，不是能夠隨便栽贓的對象。

「確定嗎？」

「是的。」

女人瞇起眼，在近距離之下，彷彿連眼球旁的血絲都能看得一清二楚。

那焉紅的嘴唇，被她雪白的牙齒緊緊咬住。

「那個姓陳的，見狀況不對就想逃走嗎！」

雖然老闆是做出這樣的解釋，女子卻不這麼想。

現在的狀況，反而比較像是對方意圖做些什麼——總之，感覺令人不安。

「老闆，先放棄這個地方，撤退吧？」

「妳要因為一個普通人就逃走？開什麼玩笑！」

「請您看清楚眼前的狀況，對方是有備而來，如果有陳總的協助，狀況會變得嚴峻的是我們。」

女子很努力地想說服對方，但是沒有成功。

明明所有的優勢都掌握在自己手裡，更不用說這艘郵輪還是她的地盤，女人怎麼可能說逃就逃？

就在兩方僵持不下時，船艙內的廣播突然傳出沙沙聲響。

接著，熟悉的聲音傳了出來。

「在找我嗎？我就在五樓等妳，慢慢來不要急——我哪裡都不會去。」

用十分輕鬆的口吻發言的人，正是左牧。

她們怎麼樣也沒想到，左牧竟然會直接用船艙廣播來放話！

整艘船上總共有三個地方可以向內部廣播，駕駛艙、中央控制室，以及——五樓的大廳。

五樓是有著三層樓高度的大廳空間，那裡懸掛著許多螢幕，直接連接到各個遊戲區域，同時客戶們也都會在那裡下注及觀賞。

也就是說，那裡是進行所有遊戲的中心位置，但問題是，左牧怎麼跑過去的？明明他們已經封鎖了樓梯，而且還派人在五樓護送客戶們離開。

但現在已經沒有時間去思考這些問題，沒有任何事情比「除掉癥結點」還要重要。

「這個男人怎麼老是殺不死……」女人黑著臉，厲聲下令：「去五樓！我倒要看看，在我的地盤上他能有什麼辦法！」

「等、等等，老闆！請等一下！」

女人帶著一大批的軍人離開房間，但是這個決定讓被留下的女子相當不安。

這很明顯是陷阱，可是她的老闆卻連這麼基本的事情都沒辦法分辨。

明明他們是操控這場遊戲的主人，結果不知道為什麼，現在的她卻覺得自己正在被左牧耍著玩，就像那些在島上任由他們操控的玩家一樣。

明明這裡是他們的地盤，為什麼主動權卻反而在左牧的手中？

越是思考，她的內心就越加忐忑，但是別無選擇。

看樣子得先考慮自己的退路了，再這樣陪這無腦女人玩下去，可能會丟了命。

「主任？要怎麼做？」

她的身旁還有一批人，並不是所有人都跟著老闆離開。

雖說薪水是老闆給的沒錯，但是像這種沒有安排計畫、直接衝向敵人布置好的陷阱的行為，他們不敢苟同。

相較之下，冷靜且沒有受到挑釁的主任，遠比老闆值得信任。

「不管怎麼說，我們的人數還是比他們多。」

比起五樓，駕駛艙和中央控制室的戒備人力相對比較多，所以左牧真的在五樓的機率很高，但她就是覺得哪裡不對勁。

「嘖……果然不該接受陳總推薦的玩家。」

當時因為前一個死亡的玩家是陳總的人，所以老闆才會答應由他來提供其中一個新玩家的人選，沒想到這個人竟然更加棘手。

「有人知道陳總在哪嗎？」

「陳總幾小時前就離開了五樓，任何監視器都沒有拍到他的身影。」

「如果見到他就開槍，現在他已經不是我們的會員，是敵人。」

「主任，那位畢竟也是重要的客人，這樣擅自將客人當作敵人……」

「現在已經顧不得這種事了，立刻向總公司回報，請他們派人過來支援撤退。」

「撤退……嗎？」

「嗯，我們必須做好拋棄這裡的打算。」

「是。」

剩餘的人分成幾個小隊，分別去執行她下達的命令，而剩下的人則是跟隨她離開，前往左牧所指定的五樓。

左牧的計畫其實很簡單，就是沒有計畫。

坦白說，一切都發生得太突然，打亂了他最初的安排——也就是進攻中央大樓，沒想到卻陰錯陽差地讓他踏入敵方大本營。

他原本就想著走一步算一步，見招拆招，但始終都有個疑問在他的心底徘徊。

既然委託人有辦法在島上提供協助，那麼，如果是直接闖入大本營呢？

而且這是個封閉、不為人知的遊戲世界，如果委託人沒有牽涉其中，根本想像不出對方是怎麼提供幫助的，尤其是在必須知道他的狀況的前提下。

如果是這樣，或許直闖敵人本營還有一絲存活機會，而很幸運的，他賭對了。

明明買樂透或者刮刮樂都不曾中獎的他，將自己的運氣全用在這次的賭注上。

包括他接下來要做的事。

正大光明地挑釁，並且直接向敵人的老大姐透露位置，看起來就像陷阱，但很可惜的，這並不是陷阱。

當老闆帶著一大群人進入五樓大廳時，這裡早就人去樓空，只剩下空蕩蕩的沙發，以及無人觀看的遊戲畫面和顯示賭盤賠率的螢幕，安靜到連女人穿著的高跟鞋發出的聲響都格外響亮。

五樓的燈光昏暗，但是可以清楚看見有個人坐在酒吧那裡。臉上的鏡片反著光，呈現雪白的顏色，看不見對方的表情，但他將手臂向後跨在吧檯上、翹著二郎腿的姿勢，顯然是沒把他們放在眼裡。

這個人不是別人，正是左牧。

老闆不悅地咋舌，這男人憑什麼如此大膽、毫不畏懼。

所有軍人迅速舉起槍對準左牧，然而下一秒，銳利的刀光閃過，輕而易舉就將槍管削成兩截。

這可不是紙筒，面對削鐵如泥的刀具，軍人們全傻了眼。

老闆冷冷地看著這個結果，嗤之以鼻。

隨後，穿著服務生制服的兔子以及羅本，緩緩地從黑暗中走出，分別站在左牧的左右兩側，如同門神一般。

有著變態般實力的殺人狂，以及能夠狙殺任何目標的千里眼——就光憑這兩人，左牧是哪來的膽量和她面對面談判？

「我說過是要來玩遊戲的對吧？」左牧勾起嘴角，將頭側靠在支起的手背上，「如果妳贏了，我就把資料還給妳；如果我贏了，這艘郵輪就歸我。」

聽起來很值得交易，但左牧的目的肯定不只如此。

「你想玩什麼？」

「很簡單，我們不用腦袋玩遊戲，單純靠實力。」

左牧才剛說完，兔子就走上前，將軍刀放在旁邊的桌上，意圖非常明顯。不用等他開口，老闆就知道他想做什麼了。

「雙方各派人出來單挑，不使用任何武器，怎麼樣？很簡單吧。」左牧笑著說，「不過我會給妳特別優待，我這邊只會讓兔子上，妳那邊則不限人數。」

這完全是在小看他們！

一旁的軍人全都騷動起來，左牧的意思就是他們所有人一起上也殺不了兔子。

就算這個男人是面具型罪犯，也不可能強到能一口氣對付受過軍事訓練的所有人！

左牧究竟為什麼要提議玩這種毫無勝算的遊戲？

總感覺，左牧是在拖延時間。

雖然不知道他在等什麼，但在這種情況下，左牧也有可能是豁出去了。

於是老闆答應了左牧的要求，緊繃的臉龐總算露出一抹微笑。

「……交易成立，你可別後悔。」

「這句話是我要說的才對。」

兔子在交易成立的那瞬間，壓低身體，以非人的速度衝進軍人之中。

這些人沒來得及反應，甚至連武器都還握在手裡，其中一人就被兔子用掌根向上推擊下顎，腦袋向後一仰，直接暈眩倒地。

接著兔子抬起腿，狠狠往倒地的軍人頭部踩下去。

鮮血夾帶著碎骨，直接從對方的頭部爆出來，明顯當場死亡。

看到兔子不用武器，光用兩招就在短短幾秒解決掉手持武器的伙伴，其他軍人恐懼地將槍口對準兔子。

但是，兔子卻用野獸般的銳利視線掃過所有人，沒人敢扣扳機，雙方就這樣僵持不下。

時間彷彿停滯了，每個人都屏住呼吸，直到有名軍人沉不住氣，率先對兔子開槍。

兔子的反應極快，輕而易舉地閃過子彈，接著一發狙擊射向那名開槍的軍人，子彈直接從後腦貫穿出去，他的頭也被炸碎一半。

「咚」的一聲，只剩四分之三頭顱的軍人倒地不起，所有人的目光頓時落在手持狙擊槍的羅本身上。

左牧勾起嘴角，瞇眼笑道：「對了，我忘記提醒你們——如果有人違反規定的話，我就只好請他直接『出局』了。」

而左牧所謂的「出局」是什麼意思，已經展示得非常清楚了。

即使羅本只有一個人，也是不可小覷的威脅。

軍人只要全體一起掃射，很容易就能突破這個困境，然而他們的行動卻受制於左牧手中握有的「資料」。

其中有人產生「直接殺死左牧」的想法，卻立刻被兔子盯上，一瞬間的恐懼讓人徹底拋棄這個念頭。

遊戲已經開始，而且主動權是在左牧手中，羅本的狙擊完全沒有影響到兔子的行動，他毫不猶豫地繼續用近戰搏鬥的方式，將軍人一一打倒在地。

對方一口氣衝上四五個人，想用數量取勝，沒想到兔子卻輕而易舉地看穿他們的行動，跳到旁邊的桌上，將椅子踹向他們製造出縫隙、打亂他們的步伐，趁對方來不及站穩，直接跳到他的身上。

強而有力的手指，從裝備的縫隙找到喉嚨位置，使力一掐，瞬間捏碎他的喉骨。

所有人下意識往後退開，可是兔子卻像發瘋的野獸，撲向想要拉遠距離的敵人，單手抓住他的臉，直接往桌角狠狠扣下去。

不是頭破血流，而是頭皮直接被削掉一大塊，腥紅的鮮血浸溼他的衣服，但兔子毫不在乎地繼續攻擊下一個敵人。

眼前上演的是一場由兔子主導的殺戮秀。

才開始不到幾分鐘，軍人們節節敗退，甚至有人還是舉槍射擊，但也全都死在羅本的狙擊鏡下。

情勢明顯一面倒，老闆的表情漸漸被不安籠罩，直到她的腳邊全是鮮血和屍體。

左牧看向螢幕上顯示的時間，正想著應該差不多了，突然一聲槍響劃破寧靜，他還沒反應過來，就被全身染血的兔子擋在身後。

兔子拿起軍刀，彈開那枚射向左牧的子彈，接著羅本朝子彈射過來的方向開了一槍。

可惜似乎沒有打中，因為羅本不滿地嘖了一聲。

明明這裡的光線昏暗，別說子彈，連人都看不清楚，可是這兩個人的視力卻好得可怕。

一名女子踏著優雅的腳步走進來，手裡舉著冒著白煙的槍，看樣子剛才那發子彈就是她扣的扳機。

左牧對這個人沒有印象，但是比起老闆，這女人顯得非常冷靜，而且比較有腦袋。

接著數名跟隨在她身邊的軍人衝進來，將老闆圍在中央，二話不說連續朝左牧等人射擊，由於對方的火力比較強大，左牧三人只能躲在櫃子和柱子等物體後面。

「把老闆帶走。」

「少命令我！我要殺了那個男人！」

女子下令的同時，可以聽見老闆不耐的抱怨聲。

但對方卻懶得理她，直接用槍托從她的後頸狠狠敲下去，讓其他軍人把人像沙包一樣扛在肩膀上強行帶走。

在槍彈雨林中，左牧彷佛聽見那名女子在跟他說話。

「你想毀掉這裡的話就毀吧，但你是無法結束這場遊戲的。」

女子邊說邊把老闆帶走，接著軍人們也迅速退出大廳，完全不打算浪費時間。

明明能夠將他們殺掉卻沒有這麼做，理由只有一個。

——這個人已經發現左牧是在故意拖延時間了。

左牧任由他們離開，畢竟他的目的已經達到，只要對方不再對他們進行攻擊就好。

那個女人會選擇離開的理由，應該是察覺到有人在暗中協助了。不得不承認，她的判斷和直覺都很準確。

直到敵人全部離開後，左牧三人才離開掩體。

「有點出乎意料，沒想到他們會選擇撤退。」

「那個人比她老闆的反應還要快，應該已經看穿我在打什麼算盤了，不然不會逃得這麼快。」

「要追嗎？」

「不，不需要。」

左牧雙手環胸，顯得十分冷靜，「這整艘郵輪都是『證據』，如果他們棄船而逃的話，我倒是很樂見。」

「萬一他們派驅逐艦炸掉這艘郵輪怎麼辦？」

「做不到的，因為他們還得保留戰力才能逃出去。」

左牧猜測，他們應該會搭驅逐艦離開，當然他也已經跟委託人說過，只要他們不攻擊就不用追殺到底。

而且，這艘船已經被那個男人的人手控制，包括控制室、駕駛艙——全都在他的掌握之下。

當然這不是倉促間能做到的，感覺對方似乎早就有所安排……也就是說，委託人的目的就是要藉由他引起混亂，再趁隙而入奪下控制權。

左牧不禁冷笑，他還真是完美地被那個男人當成棋子使用。

羅本哼了聲，「我還以為那些人會有點骨氣，沒想到這麼輕易就撤退了，反而讓人覺得無聊。」

「畢竟他們不是軍人，而是商人，當然會優先考慮自身安全。」

「你還真夠大膽，難道這也在你的計畫之內？」

左牧摳摳臉頰，「我沒那麼神通廣大，只是分析得來的情報後，賭了一把。」

他沒說謊，畢竟讓他的計畫成功的最大關鍵，就是在他的委託人身上。

既然會安排呂國彥到那座島上蒐集證據，甚至連他死後也要把證據拿回來，也就說明他早就有反抗主辦單位的心思，否則也不會想揭穿這場惡劣的殺人遊戲。

委託人不像做事魯莽的笨蛋，所以左牧才會大膽推斷，他在大本營應該早就部屬好相應的戰力。

正因為都被他猜中了，所以他對男人迅速奪權這件事不怎麼驚訝。不過保險起見，他沒有讓高仁傑跟著他們一起行動，而是像以前一樣先躲起來。

當他們這邊的事情告一段落後，吧檯上的復古電話突然響起。

左牧看了一眼藏在角落的監視器，伸手接起電話。

「其他玩家都平安地搭上潛艇，正往郵輪的方向過來，左牧先生。」

「布魯……看來你也沒事。」

「是的，多虧陳總的協助，讓我很快就能取得系統的監視權。」

「原來如此，怪不得那個女人會急著離開，她知道郵輪跟系統的操控都失守了，所以才選擇拋棄這裡。」

「我比較訝異的是，左牧先生沒有把她們趕盡殺絕，靠兔子先生的實力應該很容易才對。」

「我本來就不是為了殺人而來，只是純粹地想要活下去。」

「……左牧先生，太過心軟是你的缺點，不過我並不討厭。」

左牧嘆口氣，「我沒想過要討你歡心，少在那邊自戀了。」

電話那頭傳來布魯爽朗的笑聲，「我是來轉達陳先生的話，接下來請左牧先生好好休息，委託結束了。」

左牧掛上電話，內心卻十分複雜。

不知道為什麼，聽見最後那句話的瞬間，左牧有種如負釋重的爽快感覺。

終於能鬆口氣，終於不用和那些自視甚高的笨蛋們考驗腦力。

或許是因為壓力被釋放的關係，左牧突然感到一陣暈眩，差點沒站穩，幸好被羅本和兔子從左右兩側撐住。

「沒事吧？」

「嗯，只是有點累。」

這該死的遊戲讓他的壽命大幅度減少，等回去之後，他絕對要狠狠地請假休息。

左牧無法用言語解釋，回到正常生活是多麼的快樂自在。熟悉的床、吃到飽的垃圾食物、沒有血腥味道的空氣，重點是，終於可以擺脫那種時時被人監控的感覺，也不用再配合主辦單位的惡趣味玩什麼糟糕的遊戲。

他真的愛死這種一成不變的無聊生活了！

——但如果能夠去掉這個「枕邊人」的話會更好。

左牧一睜眼，就看見一雙藍色的水汪汪大眼睛盯著自己。剛開始那幾天他總是會被嚇得半死，但現在已經麻痺了。

「我不是說過，別隨便爬上我的床嗎？」左牧邊打哈欠邊坐起來，有氣無力地抱怨：「又不是沒幫你準備房間，給我老實地去那邊睡！」

兔子顯然很不願意，隨著左牧起床後就一直黏在他身邊，寸步不離，就連上廁所都要跟進去。

左牧的青筋爆出，直接把門甩到他的臉上，好不容易才得到短短幾分鐘的獨處時光。說真的，他快受不了了。

遊戲結束後，便由委託人負責處理島上的罪犯們，也協助玩家們回歸社會。罪犯們不用說，當然是送回監獄，但有很多在紀錄上都是已經「死亡」的人，所以委託人乾脆就把那些罪犯納入自己的私人軍隊。

所謂公器私用就是這個意思。

不過，他也因為成功讓這場殺戮遊戲曝光而獲得不少利益，甚至得到政府和警署的褒獎，簡直就是個優秀公民。

至於左牧，他則是回到原本的私家偵探日常。然後不知道為什麼，原本應該也由委託人帶走的兔子竟然緊緊黏著自己不放。

無可奈何之下，左牧只能「收養」兔子。在沒有項圈限制的自由生活下，兔子依舊不肯開口說話，老樣子用手寫板或打字的方式和他對話。

有時候左牧真覺得自己像是在自言自語，養寵物或許就是這種感覺。

至於羅本——

「喂，早餐做好了，快點來吃。」

穿著圍裙的羅本端著兩盤熱壓三明治，放在餐桌上。

左牧張嘴打哈欠，將手伸進衣服底下抓癢，頭髮也懶得整理，就這樣直接坐下來享用早餐。

兔子看看左牧，再看看盤子，像倉鼠一樣小小地咬了一口，發現味道不錯之後立刻大口大口吃下肚。

羅本趁這段時間替兩人倒了咖啡和牛奶，毫無疑問就是個合格的家政夫，只不過在靠牆的位置顯眼地靠著一把狙擊槍。

陽光灑在槍身上，淋漓盡致地展現了無機質的美感，卻也和這個居家空間格格不入。

左牧邊嚼早餐邊無奈地說：「兔子又鑽到我的棉被裡。」

「還不是你寵的，他已經習慣緊緊黏著你，你就別想著要甩開他了。」

羅本完全不打算幫忙，也不想干涉，反正跟他沒什麼關係。

雖然是因為沒錢而暫住在左牧家，但其實現在這樣就跟以前在「巢」的時候沒什麼不同，不知不覺中，照顧這兩人也成為了他的習慣。

左牧嘆口氣，「房間空著也是空著，就給你用好了。」

「我睡沙發就可以了，不用特地留房間給我。」

「別這麼固執嘛，我知道你沒地方可以去。」

「你的前雇主說會給我工作，等我存夠錢就會離開。」

「我覺得還是別跟陳總混比較好吧?那男人實際上比主辦單位還要可怕，而且我聽說他還聘用了博廣和跟邱珩少。」

一個擅長軍力指揮，一個則是變態研究狂，無論哪個都不是什麼好人，左牧連想都不敢去想雇用他們是要做什麼。

這點羅本也同意，他隨口說道：「不然你要聘請我嗎？就靠你這個窮偵探？」

「能住在三房兩廳兩衛浴的高級大樓，雇用你倒是沒什麼問題，而且我還包吃包住，辦公室走路就能到，這樣不夠吸引人？」

羅本還真的有點被說服了。

他原本以為左牧只是個沒什麼存款的私家偵探，但是住進他家後卻發現和想像中完全不同，害他有點懷疑左牧是不是有在暗中做什麼買賣。

看著羅本猶豫的表情，左牧就知道他不會拒絕。

結果真如他所料，羅本接受了他的提議。

「你要雇我做什麼？」

「家政夫。」

羅本翻了個白眼，又指著兔子問：「那他呢？」

「吉祥物。」

「……我還真不知道該從哪裡開始吐槽你。」

「哈哈哈，別這麼嚴肅嘛，好歹我們也是一起從那鬼地方逃出來的伙伴。」

羅本看著左牧，再看看目光閃亮地將盤子遞給他、想要再來一盤的兔子，果斷地放棄掙扎。

他有種預感，這輩子他都擺脫不了左牧和兔子了。

但至少，這裡不是那個瘋狂的遊戲世界，而是自由安全的現實社會。

而未來，在前方等著他們。

——《遊戲結束之前05》完

——《遊戲結束之前》全系列完

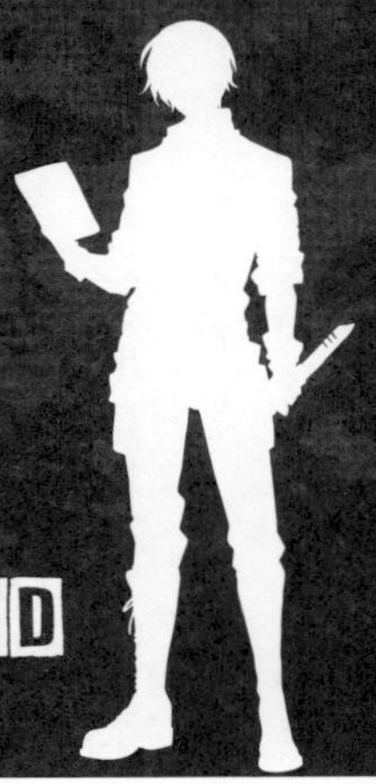

BEFORE THE END OF THE GAME

後記

ゲームが終わる前に

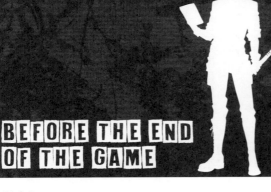

各位好，我是快被炎炎夏日和電腦主機的熱氣烤焦的枯草。

遊戲的故事說完了，不知道大家看得滿足嗎？雖然結局是走開放式的，並沒有完完整整的結束，但左牧他們的任務已經完成，可以順理成章地帶著家政夫和寵物兔回到日常生活（喂）。雖然背景設定還有很多沒有敘述清楚，包括其他人的經歷、主辦單位的後續、委託人以及布魯等等，都還留著懸念，但並不影響故事的完整性，請大家安心欣賞。

由於這邊的敘述角度是以左牧為主，所以其他人的部分就不會多做闡述（但是會留在坑草的腦海裡面），大家也可以想像一下角色們之後的生活和回歸社會後他們會有什麼樣的冒險，還有就是——除了這個地方之外，主辦單位是不是還有其他的遊戲區？

《遊戲結束之前》被我歸類在懸疑、殺戮的故事類型，所以文中會有很多刻意保留的懸念，留下想像的空間，讓大家猜猜看這些角色、以及當時的情況是怎麼樣的（全部寫出來的話恐怕會超過五本，也會減少閱讀的樂趣，所以坑草評估後決定只寫左牧的視角）。這部作品我寫得很開心，也很高興能夠帶給大家歡樂與喜愛，坑草會繼續努力創作的，也請大家期待坑草之後還會寫什麼樣的新設定。

順帶一提，兔子是永遠不會離開左牧的哦～請左牧節哀（笑）。

草子信

草子信ＦＢ：https://www.facebook.com/kusa29

高寶書版集團
gobooks.com.tw

輕世代 FW364
遊戲結束之前05－死亡禁止－(完)

作　　者　草子信
繪　　者　日　々
編　　輯　林雨欣
校　　對　薛怡冠
美術編輯　彭裕芳
排　　版　彭立瑋
企　　劃　李欣霓

發 行 人　朱凱蕾
出　　版　三日月書版股份有限公司
　　　　　Printed in Taiwan
地　　址　臺北市內湖區洲子街88號3樓
網　　址　www.gobooks.com.tw
電　　話　(02) 27992788
電　　郵　readers@gobooks.com.tw（讀者服務部）
傳　　真　出版部　(02) 27990909　行銷部 (02) 27993088
郵政劃撥　50404557
戶　　名　三日月書版股份有限公司
發　　行　英屬維京群島商高寶國際有限公司台灣分公司
　　　　　Global Group Holdings, Ltd.
初版日期　2021年8月
三刷日期　2022年3月

國家圖書館出版品預行編目(CIP)資料

遊戲結束之前. 5, 絕望禁止/草子信著.-- 初版.
-- 臺北市：三日月書版股份有限公司出版：英屬維京群島高寶國際有限公司臺灣分公司發行,
2021.08-
面；　公分. --

ISBN 978-986-06564-0-4(第5冊：平裝)

863.57　　　　110007909

三日月書版

三日月書版

GOBOOKS
& SITAK
GROUP©

GOBOOKS & SITAK GROUP©